講談社文庫

ガーディ

薬丸 岳

講談社

えっさか　ほいさ
ねこに　バイオリン
めうしがつきを　とびこえた
こいぬはそれみて　おおわらい
そこでおさらはスプーンといっしょに　おさらばさ

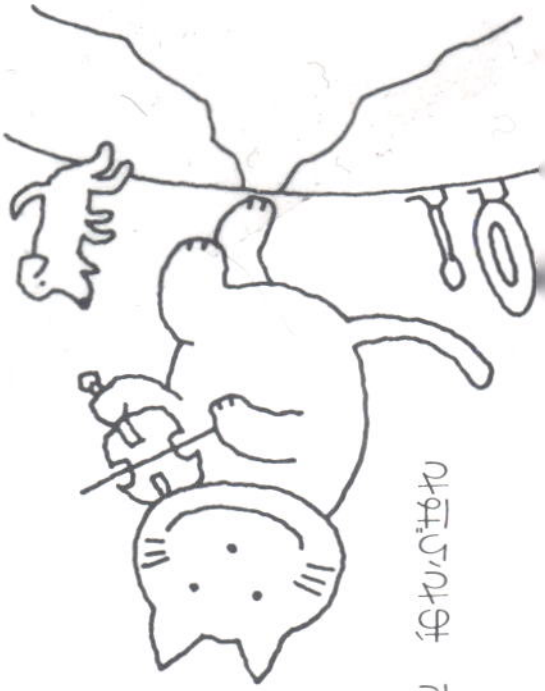

講談社文庫「マザー・グース 1」より

ガーディアン

1

チョークで英文を書くと、秋葉《あきば》悟郎《ごろう》は生徒たちに向き直った。

四列目の青木《あおき》が慌ててこちらに顔を向けた。隣の田中《たなか》と小声でしゃべっていたのはわかっている。

「じゃあ、青木、これを訳してみて」

秋葉が声をかけると、青木が椅子から立ち上がった。

「えっと……これはあなたの携帯電話ですよね」

青木がしばらく考えてから答えた。

「ベリーグッド。何とかですよねと確認したり同意を求めたりするときは、文の最後に否定の短縮形プラス主語、もしくは主格の代名詞とクエスチョンをつける。これを付加疑問という」

秋葉は大切なところに赤いチョークで線を引き、ふたたび生徒たちに向き直った。

「じゃあ、田中――」

青木の隣でノートをとっていた田中がこちらに目を向けた。

「田中と青木は映画を観に行きましたよね、というのはどう書く？」

秋葉がチョークを差し出しながら言うと、まわりから笑いが漏れた。

さっきまでアイドルが出ている映画の話で青木と盛り上がっていた。

田中はバツが悪そうな顔でチョークを受け取ると黒板に英文を書き始めた。だが、最後で手が止まった。

「さっき説明しただろう。否定の短縮形プラス主語」そう声をかけたときに、終業のチャイムが鳴った。

チャイムが鳴りやむまで待ったが、田中はチョークを黒板に押しつけたまま首を振って唸《うな》るばかりだ。しかたがないので田中からチョークを受け取り、答えを書いた。

田中がすごすごと席に戻り、他のクラスメートたちと同様にノートに書き写す。

「過去の文のときには付加疑問も過去形になるから、覚えておくように。では授業を終わります」

秋葉が言うと、教室は一日の授業から解放された生徒たちの声で満たされた。

教科書とファイルを持って三年C組の教室を出た。廊下を歩きA組の教室に向かう。

B組からも喧騒《けんそう》が漏れているが、A組の前は静かだった。

秋葉は後ろのドアの窓から自分のクラスの様子を窺《うかが》った。黒板に化学式を書き連ねている白衣姿の下田《しもだ》の背中が見えた。

生徒のほとんどは真面目にノートをとっているが、最後列の廊下側に座る林《はやし》が隣の生徒にノートを見せてにやにやしている。ノートに書かれた下田の似顔絵が目に入った。あまりにも似ていて笑いそうになった。自分よりも一回り以上年上の学年主任だが、薄くなった頭髪とどんよりと重い雰囲気から、生徒間ではからかいの対象になっている。

ようやく授業が終わり、下田が教室から出てきた。

秋葉はすれ違いざまに「おつかれさまです」と軽く会釈《えしやく》を交わし、教室に入った。ほとんどの生徒が鞄《かばん》を取り出して帰り支度をしているが、林のまわりだけが騒がしい。林のノートを指さし、「ちょー似てる！」と盛り上がっている。

「はい、静かに」

秋葉は手を叩き、ファイルから昨夜作成した三者面談に関するプリントを取り出した。最前列の生徒たちに配っていく。

「十二月に入ったら三者面談を開きます。親御さんと話し合って進路の希望を書いてください。来週の月曜日に集めます」

生徒たちから「はーい」と声が返ってきた。

「それじゃ、寄り道しないで、気をつけて帰るように」

生徒たちが立ち上がり次々と教室から出ていく。


「投書箱に入っていました。最近、二Bの岡部《おかべ》さゆりが落ち込んでいるという内容です」

教頭がそう言いながら便箋《びんせん》を隣に座る教師に渡した。渡された教師は手紙を一読すると隣の教師に回していく。

「誰からの投書でしょう」二年の学年主任の加藤《かとう》が訊《き》いた。

「匿名《とくめい》です」教頭が答えたときに、便箋が加藤のもとに渡った。

この学校では、他の生徒の目を気にせずに悩みや学校への要望を教師に伝えられるようにと投書箱を設けている。しかし匿名の手紙がほとんどなので、問題を解決するのは簡単ではない。

仮にいじめがあるという手紙が届いたとしても、手紙を出した生徒から具体的な話を聞けなければ、追及するのは難しい。いじめを受けている側もさらにいじめられることを恐れ、なかなか本当のことを話そうとはしない。

手紙を読んでいた加藤が顔を上げた。

「どんなことで落ち込んでいるかは書いていませんね。わたしが見たところ特に変わった様子はないんですが……相原《あいはら》先生、どうですか？」

加藤が秋葉の隣に座る男性教師に便箋を渡した。二年B組の担任をしている二十八歳の数学教師だ。便箋に目を向けていた相原が顔を上げた。

「欠席も早退もしていませんし、家庭で何かあったという話も聞いていません。休み時間によくクラスメートの大久保《おおくぼ》と堀田《ほった》といますけど、いじめがあるようには……」

秋葉も岡部の授業を受け持っているが、元気がないというようには特に感じない。挨拶《あいさつ》を交わすときも笑顔だ。

秋葉のもとに手紙が回ってきた。手紙には『二年B組の岡部さゆりさんが最近落ち込んでいるみたいなので助けてあげてください』とだけ書かれている。

硬く角ばった筆跡だ。男子生徒が書いたものだろうか。

「しかし、こういう手紙が届いているわけですから」教頭に言われ、相原が曖昧《あいまい》に頷《うなず》いた。

「わかっています。岡部本人と、彼女と仲のいい生徒からそれとなく話を聞いてみます」

「お願いします。ところで、三Cの八巻《やまき》くんの様子はどうですか」教頭に訊かれ、下田と三年C組担任の佐久間《さくま》が顔を見合わせた。佐久間は四十代半ばの女性教師で、夫も中学の教師をしているそうだ。

「あいかわらずといったところです……」

八巻は不登校の生徒で、昨年の九月から学校に来ていないので秋葉は会ったことがない。

佐久間の答えに、教頭が溜め息を漏らした。室内に重苦しい空気が漂う。

「三年の十一月ですからね。進路も考えなければならないでしょう」教頭が机の上で両手を組んだ。

「毎週家を訪ねているんですが、なかなか……」

「親御さんとは？」

「パートで帰宅が十時過ぎになるそうで母親とはあまり話せません。三週間ぐらい前にお会いできたときには、本人はまったく学校に行く気がないとのことで……学校に行くよう促《うなが》すと荒れてしまうからと、お母さんも頭を抱えておられました」

「困りましたね」

教頭がふたたび溜め息を漏らし、他の教師から同情の視線が佐久間と下田に注がれる。

今まで三つの中学校に赴任《ふにん》したが、至って問題の少ない学校だというのがここに来て半年あまりの感想だ。

　生徒たちのほとんどは規律正しく、問題行動やいじめの兆候は窺えない。秋葉が受け持つ生徒の保護者も至って理性的だ。他の教師たちからも生徒や保護者に関する重大な問題は聞いたことがない。そんな学校にあって、一年以上不登校になっている八巻のことだけが重大な案件だろう。

「大変だと思いますが、根気強く八巻くんや親御さんに働きかけてください」

　教頭の言葉に、佐久間が小さく頷いた。隣にいた下田は半ば諦めているのか、ほとんど反応を示さない。

「校長、他にお話はありますか？」教頭が隣に座った校長に目を向けた。

「いえ、それではみなさんよろしくお願いします」

　いつものように校長の唯一の言葉を聞くと、教師たちが次々と立ち上がり会議室から出ていく。

　校長は熱血的な指導で評判の教師だったと噂に聞いていたが、トップになると変わってしまうのだろうか。いつも人任せで、具体的な指示をされたことがない。

　下田が隣にいた佐久間の肩を軽く叩き会議室を出ていったが、佐久間はなかなか立ち上がらない。八巻の件で悩んでいるのだろう。

「八巻くんはどうして不登校になったんですか」秋葉が問いかけると、佐久間が顔を上げた。この学校の女性教師には珍しいショートカットだ。

「何も言ってくれないので理由がわからないんです。お母さんは八巻くんとじっくり話す余裕もないようです。早朝からお弁当屋さんで働いて、それが終わってから夜遅くまでスーパーでパートなので」

「大変ですね」秋葉が言うと、佐久間が同情するように頷いた。

「八巻くんには本所《ほんじょ》小に通う六年生の弟がいるんです」

すぐ近くの小学校だ。

「不登校の理由は学校にあるんでしょうか。たとえばいじめに遭《あ》ったりとか」

秋葉が言うと、佐久間が大仰に首を横に振った。

「彼はどちらかというと、いじめるほうでしょう。クラスメートに乱暴したり授業をサボったり、他にもたくさんの問題行動を起こしていました」

そんな生徒が不登校になるとはどういうことだろうか。教師に厳しく指導された反発から不登校になったのではないか。

秋葉がその考えを伝えると、佐久間が「それはないと思います」と返した。

「下田先生は穏健《おんけん》派ですから」

どこか揶揄《やゆ》するような響きに聞こえた。

「そこまで生徒の問題に深く立ち入って厳しいことを言うようには思えません。それに担任だった辻《つじ》先生も昨年教師になられたばかりで、ああいう感じなので……」

現在三年B組の担任の辻は、どちらかというと弱々しい印象の男性教師だ。

「これからどうするべきですかね」

クラスは違うが、秋葉は唸りながら考えた。

「まあ、そのうち登校してくるようになるんじゃないでしょうか」

「そういう兆候でも？」秋葉は訊いた。

「問題児ではありますが弟思いの一面もありますので。不登校のまま兄が卒業したら、弟が進学した際に立場がなくなるとわかるでしょう」

何とも楽観的な考えだ。

「そうなるといいですね」と答え、秋葉は立ち上がった。

秋葉は職員室に戻り、『中学校演劇の基礎』と『中学校演劇脚本集』の二冊を手にすると二年A組の教室に向かった。

教室に入ると、一年生と二年生が輪になってミーティングをしている。七人の女子に交じり、ひとりだけ男子がいる。

秋葉は端に寄せられた椅子のひとつに腰かけ、本を開いた。

演劇や芸能には疎《うと》かったが、秋葉と入れ違いで異動した教師の代わりに演劇部の顧問を引き受けざるを得なかった。毎年六、七人の入部希望者があるというが、今年は一年A組の日下部幸樹《くさかべこうき》とC組の大山葵《おおやまあおい》のふたりだけだ。三年生は先月引退したので、六人いる二年生と総勢八人で芝居を作ることになる。

ミーティングを終えたようで、「あ、え、い、う、え、お、あ、お……」と明瞭《めいりょう》な声が聞こえてきた。みんなで発声していても、やはり大山の声量だけ抜きんでている。

秋葉は知らなかったが、大山は名の知れた子役だったそうだ。生まれて間もない頃に赤ちゃんモデルとしてデビューし、小学校に入る前からドラマや映画に出演していた。

そう聞いて意外に思うほど、入部したての大山は口数が少なく、おどおどした印象の生徒だった。

大山の家庭の事情を知るにつれ、その理由を察した。この中学校の生徒のほとんどは近くにある本所小学校から上がってくるが、大山は千住《せんじゅ》にある南部《なんぶ》第一小の出身だ。それまで母親とふたりで暮らしていたが、小学校卒業を機に父親と生活することになり、石原《いしはら》中学校に入学した。

家庭では継母《ままはは》と父の間に生まれた子供と一緒に生活することになり、中学校では知らない人たちに囲まれ、その頃の彼女は自分の居場所を見つけられなかったのではないか。

部長の伊東涼子《いとうりょうこ》や副部長の江上志穂《えがみしほ》をはじめ、二年生の部員もプロの大山にどう接していいかわからなかったようで、あまり話しかけなかった。

発声練習や芝居の台詞《せりふ》以外にはなかなか声を発しない大山を秋葉は心配しながら見ていたが、唯一の同学年である日下部が状況を変えた。

部の中でただひとりの男子生徒だから気後れしそうなものだが、日下部にはそういうところがまったくない。いつも明るくひょうきんで、馬鹿なことを言っては部員を笑わせている。

今では大山も笑みがこぼれるようになり、伊東たちに求められ芝居のアドバイスもするようになった。

それまでは学内で発表会を開くことぐらいしかなかったようだが、今では演劇のコンクールに出場することを目標に掲げている。

顧問の自分にその技量があるかどうかが問題だが、熱心に稽古《けいこ》する部員を見ていると精一杯やらなければと思う。

日下部がちらちらと大山のほうを見ているのが気になったが、素知らぬふりをして本に視線を戻した。大山に好意を持っているのではないかと感じている。いつだったか、一年のふたりだけでいるところに教室に入ったことがあったが、日下部は息が詰まったように押し黙っていた。

「発声練習終わりました——」

その声に、秋葉は本から部員たちに視線を移した。

「それじゃ、本読みを始めようか」

秋葉が言うと、部員たちが台本を手に配置についた。

来年の発表会に向けてチェーホフの『桜の園』の稽古をしている。

「じゃあ、第一幕の先週の続きから——ワーリャ、ガーエフ、ピーシチク、ロパーヒン、包みとパラソルを持ったドゥニャーシャ、いろんな荷物をかかえた召使《めしつかい》たち——みなみな部屋に通りかかる」

台本を読んで手を叩くと、アーニャ役の大山がすっと正面に移動した。

「ここを通って行きましょうよ。ねえママ、この部屋なんだか覚えてらっしゃる?」

大山がラネーフスカヤ役の伊東をじっと見つめ、緩急をつけた声音と豊かな表情で演技する。やはり見入ってしまう。

「子供部屋!」

「なんて寒いんだろう、手がかじかんでしまったわ。あなたのお部屋は、白いほうもスミレ色のほうも、ちゃんと元のままですわ、お母さま」

「子供部屋、なつかしい、きれいな部屋……。わたし子供のころ、ここで寝たのよ。

今でもわたし、まるで子供みたいだわ！　ワーリャはちっとも変わらないのね、相変わらず尼さんみたいね。ドゥニャーシャも、わかりましたよ……」

さすが部長だけあって、伊東の演技もなかなかのものだ。

「汽車は二時間も遅れた。え、どうだい。なんてざまだろう」

そのイントネーションと棒読みにずっこけそうになった。

「日下部、訛《なま》ってる。しかも棒読み！　もっと緩急をつけて、声も大きく」

秋葉が口を開く前に部長の伊東の檄《げき》が飛んだ。

「そうかなあ。この芝居の雰囲気に合ってるような気がするんだけどなあ」日下部がそう言いながら頭をかいている。

「チェーホフはロシア人。津軽弁《つがるべん》は使わない」さらに伊東の声が飛んだ。

「へぇぇ……これってロシアの芝居なんだ。じゃあ、やっぱ合ってるじゃないっすか。ロシアも青森も寒いところだし。ぼくみたいに訛ってるやつ絶対にいますよ」日下部に無邪気に言われ、伊東は返す言葉を失くしているようだ。

大山や他の部員たちは日下部を見て笑みをこぼしている。演技の質はどうかと思うが、この部にとってはなくてはならない存在だとあらためて感じた。

「もう、黒一点の新鋭なんだから頑張ってよね」

その声に目を向けると、先ほどまで怒っていた伊東も笑っていた。

2

ガラス窓の外に大山の姿が見えて、とっさに持っていた漫画雑誌に目を落とした。雑誌を読むふりをしながら店の外に意識を向けていたが、大山はコンビニに立ち寄ることなくそのまま歩いていく。

日下部幸樹は雑誌を棚に戻しドアに向かった。だが、出ようとしたところで足を止めた。

待ち伏せされて気持ち悪いと思われやしないだろうか。

だけど、大山がひとりでいるところに遭遇できるチャンスはそうはない。部活が終わるとだいたい部員のみんなで校門を出るが、大山の家は幸樹とは反対方向で、すぐに別れることになる。

大山とふたりきりで話したことは一度もない。ふたりになったことは何度かあったが、頭の中が真っ白になって何を言っていいのかわからなかった。他の部員がいるときにはいくらでも馬鹿なことが言えるというのに。

昨日ようやくスマホを手に入れられたので、思い切って連絡先を訊こうと決心した。学校を出てから大山の家の帰り道にあるコンビニまで急いで来たが、声をかけるのはやっぱりハードルが高い。

幸樹は溜め息をつき、雑誌売り場に戻った。

先ほどまで読んでいた雑誌をつかむと、「日下部くん——」と声が聞こえて振り返った。

目の前に大山がいて心臓が飛び出しそうになった。

「どうしたの、こんなところで？」大山が訊いてきた。

「い、いや……親から買い物を頼まれてさ。『いなりや』で白菜と豆腐を買ってきてくれって」

とっさに近くにあるスーパーの名前を出した。

「今日の夕飯はお鍋？」

「たぶん……」と頷く。

「買い物の前に読みたかった雑誌を立ち読みしようと思って。大山さんは？」

「文房具を買いにきたの」大山はそう答えると文房具の棚に向かった。

幸樹は雑誌を棚に戻した。大山はハサミと単語帳を手に取りレジに行く。

入口の横で待っていると、会計を済ませた大山がやってきた。

「雑誌はいいの？」

「うん。読みたいのは読んだし。そろそろ買い物に行かなきゃ」

幸樹はそう言ってコンビニを出ると、大山が横に並んでついてきた。大山の髪から甘い匂いが漂ってくる。鼓動がさらに激しくなり、視線を正面に向けた。

「桜の園ってロシアの物語だったんだね」

何を話していいかわからずどうでもいいことを言うと、大山が「そうだよ」と答えた。

「どうりで舌を嚙みそうな名前ばっかだと思った。どうしてジョンとかメリーとかが出てこないんだろうって」

大山の笑い声が聞こえ、幸樹は目を向けた。目が合い、すぐにコンビニの袋を持った大山の手もとに視線を移す。

「そ、そういえば明後日《あさって》の一時間目の試験は英語だったな。まいったなあ。津軽弁は得意だけど、英語なんてちんぷんかんぷんだよ」

「わたしも」

「よく言うよ。『大切なあなたへ』でぺらぺらしゃべってたじゃん」

「あれは演技だから」

「演技でもあれだけしゃべれたら……」

そのドラマで大山はアメリカから一家で日本に戻ってきた帰国子女の小学生を演じていた。

「テープに吹き込んでもらったのを必死で暗記した。しゃべることはできても意味はわかんなかった」

「へえ、そういうもんなのか」幸樹は感心して言った。

日本とアメリカとの文化の違いに戸惑い、日本語をうまくしゃべれないせいで学校でも友人ができず苦しんでいた役の大山が、その胸のうちを英語で両親に訴えるシーンは素直に感動した。

「あのドラマ観ててくれたんだ。視聴率悪かったけど」

「ああ」今まで観た中で一番好きなドラマだとは照れくさくて言えなかった。

その頃、幸樹は父親の仕事の都合で青森から東京に移ってきたばかりだった。新しく入った学校の同級生に訛りをからかわれ、そのことがきっかけでしゃべれなくなってしまった。両親と外食に行っても料理の注文さえできなかったほどだ。三週間学校を休み、それを咎《とが》めた両親にこんなところに連れてきたからだと恨みつらみをぶつけた。

画面の中の大山の苦境を自分のことのように感じながら観ていた。

「もうあの仕事はしないの？」幸樹は訊いた。

昨年、学業に専念するため芸能活動を休止すると大山のブログに出た。それからブログは更新されていない。

「どうかな……わからない」

「何かもったいないような気がするけど」

「そうかな。今の生活のほうが楽しいから」大山は前を向いたまま笑顔で言った。

それから会話が途切れた。話したいことはあるのに、『いなりや』の看板が迫ってきてもなかなか口にできない。『いなりや』の前で足を止めると、大山が立ち止まってこちらを見た。

「じゃあ、また明日ね」大山が軽く手を振り歩きだす。

「おれさ――」

幸樹が声をかけると、大山がすぐに足を止めこちらを向いた。

「おれ、昨日、やっとスマホを買ってもらったんだ」

「そうなんだ」

「連絡先教えてくれない?」思い切って言うと、大山の表情がかすかに変わった。

「ごめん。わたし携帯もスマホも持ってないんだ」

「そうなの？　ブログとかやってたから……」避けられているのだろうか。

「あれは事務所が用意してくれたの。プライベートでは持ってない」

「じゃあ、アレには入ってないの？」

大山が頷いた。

「日下部くんは入ったの？」

「今日……」

昼休みにクラスメートから聞いたアドレスにメールを送った。幸樹には他のものとの違いはよくわからないが、フリーメールアドレスというものらしい。

「これで平和な学校生活が送れる。大山さんも早くスマホを買ってもらってメンバーになったほうがいいよ」

大山が何か言おうとして口を閉ざした。

「何？」

「ううん、何でもない。また明日ね」大山は首を振りながらそう言うと、幸樹に背を向けて歩きだした。

まさかスマホを持ってないとは思わなかった。せっかく今までの人生の中で一番の勇気を振り絞ったというのに。

しばらく見ていたが、大山は振り返らなかった。

『いなりや』に入り、少し時間が経ったら出るつもりで店内をうろついた。不意に振動音が聞こえ、足を止めた。鞄からスマホを取り出すと、メールが届いている。

未登録のアドレスだ。件名が『ようこそ』となっている。幸樹はメールを開いた。

『これであなたはガーディアンの一員です。学校でのあなたの身の安全は保障されます。その代わりあなたはこれからガーディアンの指示に絶対に従わなければなりません。以下にガーディアンのルールを説明します。

一、ガーディアンの存在を教師や親、または第三者に明かしてはならない。たとえメンバー間であっても、ガーディアンの名前や存在を口にしてはいけない。

二、ガーディアンからメールを受け取ったり、ガーディアンにメールを送ったら、すぐにそのメールを消去すること。

三、石原中学校の生徒の不正を見つけたら直ちにガーディアンに報告すること。いじめ、万引き、カンニング、授業妨害または授業放棄、他の生徒への陰口、その他あなたの良心に則《のっと》って正しくない行いを見つけた場合は絶対に放置してはならない。

四、ガーディアンとそのメンバーを絶対に裏切ってはならない。

五、これらのルールを破った者にはガーディアンからの制裁が下される。制裁の印として机に折鶴《おりづる》を置かれた生徒と接触してはならない。

以上です。上記を守り、ともに楽しい学校生活を築いていきましょう』

中学校に入学した直後からガーディアンの噂は聞いていた。だが、実際にどういうものなのかは、このメールを読んでもよくわからない。

得体の知れない緊張感がこみ上げてくる。

幸樹はスマホを鞄にしまい店を出ると、早足で家に向かった。

家の前に着き、外門の鍵を開けようとした。このあたりは外灯《がいとう》が少なく、鍵穴が見えづらい。ようやく鍵を差し込めたとき、「おい」と声をかけられ、驚いて振り返った。

八巻が立っている。向かいのアパートに住む二年先輩だ。

「あ、おひさしぶりです」

「ちょっといいか」

八巻がアパートのほうに向けて顎《あご》をしゃくったが、幸樹は動かなかった。

小学校でからかわれてひとりぼっちだったときに声をかけられ、たまに一緒に遊ぶようになった。最初は慕《した》っていたが、そのうち八巻の乱暴な面が目につくようになり、さらに中学校に入ると八巻が過去に学校で起こした問題行動が次々と耳に入り、距離を取ろうと決めた。

だが、向かいに住んでいるので顔を合わせる機会は多い。強引に誘われ何度か部屋に遊びに行ったが、二週間ほど前に煙草《たばこ》を吸ってみろと無理《むり》強いされ、ほとほと嫌気がさした。

八巻が手を差し出してきた。

「スマホ買ってもらったんだろ。見せてくれよ」

どうして知っているのかと思ったが、幸樹は黙っていた。

「ケチくせえな。ちょっと見せてくれって言ってるだけなのに。おれはいつだって見せてやれるぞ」八巻がそう言いながらポケットからスマホを取り出しこちらに向けた。

待ち受け画面が目に入り、幸樹はぎょっとして身を引いた。八巻の部屋で煙草を吸っている自分の写真だ。撮られていたことに気づかなかった。

「どうしてそんな写真……」

「そんなことどうでもいいじゃねえか。スマホ、見せろよ」

幸樹がしかたなく鞄からスマホを取り出すと、すぐ八巻に奪い取られた。

「パスコードは?」

答えずにいると、八巻が煙草の写真をこちらに向けてくる。教えなければ親や教師にバラすと目が言っている。

「1028」

「サンキュ。お、さっそくガーディアンに連絡したのか」八巻が幸樹のスマホを操作しながら言った。

「そんな勝手に……やめてください」幸樹が頼むと、八巻がスマホを投げて寄越《よこ》した。

どこかにメールを送られている。先ほど届いたガーディアンからのメールに返信していた。

『日下部です。メンバーに入れて光栄です。ぼくはあなたがたの思想に強く賛同しています。絶対にお役に立てると思うので、何か手伝わせてください』

「どういうことですか？」幸樹は八巻に目を向けた。

「これからゲームやろうぜ」

八巻がそう言って幸樹の肩をつかみ、アパートに誘ってくる。

「今日はいいです。明後日から試験だし、家に帰んないと親が心配するから」幸樹は抵抗しながら言った。

「試験前だから頭のいいやつの家で勉強するって電話すりゃいいだろう。それにおれの頼みを断ると大変なことになるぞ。煙草吸ってたのが先生たちにばれたら、三年の内申書に響くからな」

その言葉に何も言えなくなった。

3

秋葉は作成した報告書を保存してパソコンの電源を切った。時計を見ると八時を過ぎている。

そろそろ出たほうがいいだろうと、隣の席に目を向けた。

机の上には書類やプリントが散乱していて、辻が充血した目を向けながらその中のひとつの書類を書いている。からだを丸め、声にならない呟《つぶや》きを漏らしていた。アイロンをかける余裕もないようでシャツもズボンもいつもよれよれだ。まだ二十三歳だというのに若者らしい潑剌《はつらつ》さは感じられない。

秋葉は立ち上がり流しに向かった。大きめの急須《きゅうす》に茶葉を入れて給湯器の湯を注ぎ、席に戻った。書類が散乱した机からコップを取り上げ茶を注ぐと、辻が我に返ったようにこちらを見上げた。

「どうも、すみません」辻が恐縮するように深々と頭を下げた。

「佐久間先生、お茶はいかがですか？」

辻の向かいに座る佐久間に声をかけると、「大丈夫です、ありがとうございます」と言われた。

急須を流しに戻して席に向かうと、茶を飲んでいた辻が大きな溜め息を漏らした。

「顔色がよくないみたいですけど大丈夫ですか」秋葉は言った。

「大丈夫じゃないですけど、やらないとしかたないですよね」

昨年教師になったばかりの新人のうえ、サッカー部の顧問を任され手一杯なようだ。今年は地区予選で負けてしまったが、昨年までは五年連続で全国大会に出ている強豪だ。

「辻先生はサッカーの経験があるんですか」秋葉が訊くと、辻は大仰に首を横に振った。

「サッカーどころか、運動全般が苦手でした」

「それなのにどうして辻先生が？」

「ずっと顧問だった武藤《むとう》先生が家庭の事情でおやめになりたいということだったので。他になり手もいないし、校長から若くて体力のある人がいいからと説得されて」

「そうなんですか？」てっきり演劇部と同じように前の顧問が他校に異動したのかと思っていた。

秋葉は武藤の席に目を向けた。すでに帰っている。

「武藤先生の後を引き継ぐのはすごいプレッシャーですよ。秋葉先生、演劇部の顧問と交代してもらえませんか？」

「いやいや、わたしなんてとても……」

中学時代はサッカー部だったが、黙っておいた。

一日の授業を終えても、教師にはやらなければならないことがたくさんある。部活動の指導、職員会議や学年会議など教師たちとの打ち合わせ、生徒たちとの連絡帳のやりとり、学年通信などのプリントの作成や会計処理、さらに一年度、五年度、十年度の研修や、教科ごとの勉強会などがあり、新人はたいてい深夜まで残業になる。さらに教師を疲弊《ひへい》させるのは、国や教育委員会から日々送られてくる調査依頼やアンケートへの対応だ。

中堅の秋葉でも一息つけるのはだいたい八時頃だ。いつもはこれから翌日の授業準備に取りかかるが、今夜は早めに切り上げるつもりだった。

しかし、すべての教師が忙しいわけではない。

秋葉は自分の向かいの空席に目を向けた。下田はいつも六時過ぎには帰ってしまう。学年主任なので担任は持っていないし、部活の顧問もしていない。だが自分よりもはるかに給料はいいだろう。

「下田先生は以前からこうなんですか？」

秋葉が言うと、辻が首をひねった。

「いや……いつも六時頃に帰ってしまわれるでしょう。何か事情がおありなんでしょうか」

秋葉の言葉に反応したように、連絡帳を見ていた佐久間がこちらに顔を向けた。

「下田先生は昨年の六月に胃の病気で三ヵ月ほど休んでいたんですよ。二学期から復帰しましたけど、それから早く帰られるようになりましたね」

「まだ体調がよくなっていないということですか」

「もしかしたらそうかもしれません。六時頃に帰られるとはいえ、校務に支障はありませんので誰もそのことについては……」佐久間はそう言うと連絡帳にコメントを書き始めた。

胃潰瘍《いかいよう》や心の病を発症する教師は多い。秋葉は小さく息を吐き、コップと鞄を持って立ち上がった。

「すみませんが、今日はお先に失礼します」

同僚に挨拶し、流しでコップを洗ってから職員室を出た。ポケットから携帯を取り出し、『すまない。二十分ほど遅れる。先に飲んでてくれ』と園原《そのはら》にメールを打った。

玄関で一年A組担任の蓮見《はすみ》玲子《れいこ》が保護者らしき女性を送り出している。

女性の姿が見えなくなると、蓮見の肩が大きく落ちた。こちらを向いた蓮見と目が合った。せっかくの美人が台無しの虚《うつ》ろな眼差《まなざ》しをしている。

「保護者のかたですか？」秋葉が声をかけると、蓮見が力なく笑った。

「ええ。今日は友人と約束があったので全速力で頑張ってたんですけど、捕まってしまいました」

「どんな用件だったんですか」

「生徒が学校で必要だから携帯を買ってくれとねだっているそうです。どうして学校で携帯が必要なんだと苦情を言われました」

「そもそも学校内での携帯の使用は禁止しているでしょう」

「そう説明したんですが、生徒がしつこくねだるそうで……わたしたちのほうで何とかしてくれと」

「何でもかんでも学校任せでまいりますね」

「本当に……」

「ご友人との約束は間に合いそうですか？」

「まだ仕事が残っているので今日は無理そうですね。お疲れさまです」蓮見はそう言うと肩を落としたまま職員室のほうに歩いていった。

新小岩《しんこいわ》駅に降り立つと、園原との待ち合わせ場所に向かった。

園原は中学校の同級生だ。同級生の中でも特に仲がよく、違う高校に入ってからもしばらく付き合いが続いたが、そのうち疎遠になってしまった。先日中学校の同窓会があり、そこで二十年ぶりに再会した。

お互いに落ちこぼれだったからか、秋葉が中学校の教師になったと聞いて園原はいたく驚いていた。だが園原の話を知って秋葉はそれ以上に驚いた。園原は首都圏に十校を構える予備校の経営者になっていた。

時間のあるときに飲もうと誘われ、今夜の約束になった。

園原は秋葉の学校に近い錦糸町《きんしちょう》まで行くと言ってくれたが、生徒の保護者や同僚がいるかもしれず気を遣《つか》うため、三駅離れた新小岩で飲むことにした。

居酒屋の暖簾《のれん》をくぐって店に入ると、カウンターに座っていた園原がこちらに顔を向けた。ジョッキを手にしている。

「遅くなってすまない」秋葉は詫《わ》びて園原の隣に座った。できるだけ早く来ようと努めたが、けっきょく九時を過ぎてしまった。

「先にやってたから気にするな。つまみはまだ頼んでない」

秋葉は店員に生ビールと数品の料理を頼んだ。ビールが運ばれてくると、あらためて再会を祝し乾杯した。

「こんなに遅くまで仕事があるのか」園原が訊いた。

「今日は早いほうさ。だいたい家に帰るのは十時半頃だ。それ以上遅くなることもけっこうある」

秋葉は園原に日常業務の大変さと研修の多さを愚痴《ぐち》った。

「研修ってどれぐらいの時間受けなきゃならないんだ」園原が訊いた。

「たとえば初任者研修だと年間三百時間以上だ。研修を受けるたびに報告書の提出を求められる」

「研修を拒否したらどうなるんだ」

「拒否なんかできないさ。そういう決まりだから」

「そうなのか……子供のときには先生は休みがたくさんあって、平日も生徒たちが帰ったら仕事はおしまいだって思ってたがなあ」

秋葉は苦笑しながら頷いた。

「そんなふうに思うのは子供だけじゃないさ。教師になったばかりの頃はよく大学の仲間に羨ましがられたよ。夏休みとかで生徒が長期休暇の間は、電話番ぐらいしかやることがないじゃないかって言われた」

「ああ、おれも元学校の先生っていう講師から話を聞くまでそんなふうに思ってたよ。その話を聞いてつくづく大変な仕事だと感じた。だけど羨ましくもある」

「社長のおまえが教師を羨ましがるなんて……少子化の影響で経営が苦しいのか」

秋葉が冗談めかして言うと、園原が「違うよ」と首を横に振った。

「おれたちは勉強を教えるだけだ。便宜《べんぎ》上先生と呼ばれるが、あきらかに学校の教師とは違う。志望校に合格させられればやりがいを感じるが、彼ら彼女らがその後どんなふうに成長しているのかを知る機会なんてめったにない。この前平沢《ひらさわ》先生と会ってあらためてそんなことを思ったよ」

鬼の平沢——通称『鬼平《おにへい》』と呼ばれていた担任教師だ。

平沢は毎晩のように生徒たちが遊び回りそうなところに出向き、警察に補導されるよりも先に捕まえてこっぴどくお灸《きゅう》をすえるのだ。秋葉も園原も何度か捕まったことがある。

「おれたちは何十年経っても生徒たちの同窓会に呼ばれることなんてないからさ」

園原の言葉に、秋葉は軽く頷いた。

「でも、おれも予備校の講師のほうが羨ましいと思うことがある」

「学校の先生ほどじゃないかもしれないけど、予備校の講師も勤務時間はけっこう長いぞ」

「そういうことを言ってるんじゃないよ。学校の授業とは格段にレベルが違うだろう。子供たちにいい授業をしてやることに集中できるのが羨ましい」

「そっちは校務や雑用に追われてそれどころじゃない、か？」

それを言い訳にはしたくないが、否定はできない。

部活動や校務に追われてきちんと授業準備ができなければ、生徒たちの興味を引き出せず落ちこぼれを作ることになる。その結果、学校に行くのが苦痛になり、問題行動を起こさせてしまうこともあるだろう。

時々、自分は誰のためにこの仕事をしているのだろうと考える。教師は国や教育委員会や保護者のためにいるのかと。

そうではなく、教師は生徒のためにいるのだ。国や教育委員会や保護者ではなく、生徒のことを一番に考えるべきではないのか。

「それに予備校には不登校やいじめはないだろう」秋葉は言った。

「まあ、まったくないとは言い切れないが、不満があれば他の予備校に替えればいいしな。そこまで深刻な問題にはならないだろう。今の学校にそんな問題があるのか?」

石原中ではたいした問題はない。だが、十三年間の教師生活の中にはいくつもあった。

「ひとりだけ不登校の生徒がいるが、それ以外は平和なもんさ」

「おまえのクラスか?」

「いや」

「そうか。残念でもあり、ちょっと安心した」園原がそう言って唐揚げに箸を伸ばした。

「どういう意味だ」

秋葉が訊くと、園原が唐揚げを挟んだ箸を止めてこちらを見た。

「同窓会で会ったとき、元気がなさそうに思えた」

二十年ぶりの同窓会は楽しかった。特に平沢との再会は格別に嬉しかった。

大学時代、卒業後の進路を考えていた頃に、地元の駅前のデパートでばったり平沢に会ったことが教師を志したきっかけだった。少し世間話をしてすぐに別れたが、家に帰るまでの間に中学時代の記憶がいろいろとよみがえってきた。自分を含めて出来の悪い生徒たちに囲まれ苦労していたはずだが、それから知り合ったどの大人よりも、あの頃の平沢は楽しそうで生き生きした表情で自分の記憶に残っていた。

同窓会で中学校の教師になったと告げると、平沢は目を真っ赤にして喜んでくれた。平沢の顔を見て嬉しさがこみ上げたが、同時に虚しさのようなものが胸の奥を突いた。

しんどいことも多いと思いながらも教師という仕事を楽しめていたが、数年前からそうではない。

自分は——いや、今の教師は、どうあがいても平沢のようにはなれないと悟ったからだろうか。

「もし今の仕事に不満があるなら、ぜひスカウトしたいと思ってこうして誘ったわけだ」

その言葉に我に返り、園原を見つめた。

「スカウトって、まさかおれを予備校にってことか？」

園原が頷いた。

「英語の教師が足りない。不躾《ぶしつけ》な質問だが今の給料はいくらぐらいだ？」

「月にだいたい三十六万、ボーナスを入れて年収五百五十万ってところかな」

三十五歳としては悪い給料ではないと感じている。だが、日々の激務に見合う額でもないように思える。

「公務員のように安定はしてないが、うちに来てくれれば今の倍近い給料は出せる」

園原がそう言って唐揚げを口に入れた。

4

「せえの――」

八巻のかけ声とともに、お互いのカードを見せ合った。

くそっ――と、幸樹は思わず舌打ちしそうになった。

こちらの手は4と9のツーペア。八巻は7のスリーカードだ。

「あいかわらず顔に出るやつだな。これで三連続負けだぜ」八巻が得意げに笑いながら幸樹が置いた綿棒《めんぼう》を数え始めた。十三本。一本五十円だから六百五十円の負けだ。

手もとの綿棒は六本になった。お互いに三十本ずつ持って勝負を始めたから、総額千二百円の負けだ。

幸樹は時計に目を向けた。九時を過ぎている。

「ヤバい、そろそろ帰らないと……」幸樹はズボンのポケットから財布を取り出した。

「何言ってんだよ。負けたままでいいのかよ」

月の小遣いの約半分はたしかに痛いが、災難に遭ったと思って諦めるしかない。

「いやー、そうなんですけどね。さすがにもう帰らないと親が心配して友達の家に電話しちゃいますから」

八巻に脅されてしかたなく母親に電話をし、成績のいい友達の家で一緒に勉強するから遅くなっていいかと訊いた。すぐに帰ってきなさいと怒られるのを期待したが、母親は「ちゃんと教えてもらいなさいね」と無邪気に喜んだ。

「もう一回電話しろよ。勉強が乗ってきたからもう少しいたいって。なんならここに泊まっていけばいい。うん、それがいい。そうしろよ」

勘弁してもらいたいと、幸樹は室内に目を向けた。四畳半の部屋には雑誌や衣類や空き缶などが散乱している。かろうじて自分たちが座っているベッドだけはスペースが確保されているが、泊まるとなればとうぜん幸樹はあのごみに埋もれて寝ることになるだろう。それ以前にこの部屋に充満する煙草の臭いで頭がくらくらしている。

「いやいやいや。マジでヤバいですから」

一分でも早くこの場から解放されたい。

八巻が幸樹の傍《かたわ》らに置いたスマホをちらちらと見ている。

ガーディアンからのメールを待つために幸樹を引き留めているのだろう。どうしてガーディアンにあんなメールを送ったのか、八巻は答えない。

八巻が学校に行けない問題をガーディアンに解決してもらおうとしているのか。

短い振動音がして、幸樹はスマホに目を向けた。八巻が手を伸ばして幸樹のスマホをつかむ。画面を見て笑った。

「メールですか？　誰から？」

幸樹は訊いたが、八巻はその言葉を無視するようにスマホを操作する。

「ちょっと」

取り返そうと手を伸ばしたが、八巻に払われた。

ふたたびスマホが八巻の手の中で振動した。八巻が返信する。いったい誰とどんなやり取りをしているのか。

「お願いしますよ。返してください」幸樹が両手を合わせて拝むと、八巻がスマホをこちらに投げた。幸樹はスマホをつかむとすぐにメールを確認した。

『連絡してくれてありがとう。同じ志を持った後輩がいることを嬉しく思っています。これから会えますか？』

『大丈夫です』

『それでは十時に錦糸公園の噴水の前でどうですか』

『わかりました』

すべてガーディアンとのやり取りだ。八巻を見ると、薄笑いを浮かべながら煙草を吸っている。幸樹は財布を取り出し、千二百円を八巻の前に置いた。

「連絡がとれてよかったですね。じゃあ、ぼくはそろそろ」そう言って立ち上がろうとすると八巻が腕をつかんできた。

「おまえは何か勘違いしてるみたいだな。おれは会わねえよ。おまえがガーディアンと会うんだ」

幸樹は首をひねった。

「おまえが会ってるところを遠くから見て、そいつが誰だか確認する」

「どうしてそんな……」

「ガーディアンの正体を暴いて焼きを入れてやる」

その言葉を聞いて、幸樹ははっとした。

「もしかして学校に行かないのはガーディアンのせいなんですか？」

幸樹は訊いたが、八巻は何も言わない。

「冗談じゃないですよ。そんなことしたらぼくが制裁されちゃうじゃないですか」

「大丈夫だ。おまえは普通にそいつらと会うだけだ。裏切ったなんて思われない。それにやつらの正体がわかったら制裁どころの騒ぎじゃなくなるはずだ。ガーディアンを憎んでるのはおれだけじゃないだろうからな」

ぞくっとして顔を伏せた。

「でも……やっぱり嫌です」

冗談じゃない。八巻の手助けをしたって自分に何の得もない。

「これは頼みじゃなくて命令だ。言うことを聞かなかったら写真を学校に送るぞ」

その言葉に弾かれて、伏せていた顔を上げた。

「そうなったら不良の烙印《らくいん》を押されて卒業まで大変だろうな」

「そんなの、ひどいですよ……」不良ではあるが、ここまでひどい人だとは思っていなかった。

「ガーディアンだって同じようなことをやってるんだ。さあ、どうする?」

煙草の写真を学校に送られたら大変なことになる。ガーディアンとの約束を破るのも怖い。

物音がして壁に目を向けた。外廊下から足音が聞こえる。

「おかあさん、おかえり――」

八巻の弟の大和《やまと》の声が聞こえ、幸樹は安堵《あんど》した。

さすがにこの時間まで遊んでいるとなれば家に帰るよう注意されるだろう。ガーデイアンにはメールで待ち合わせをキャンセルしてもらうしかない。

ドアをノックする音が聞こえた。

「創《はじめ》。どなたかいらっしゃってるの？」

母親の声が聞こえたが、八巻は無視している。

ドアが半分開き、顔を出した母親と目が合った。

「あら、幸樹くん、いらっしゃい」

以前会ったときよりもやつれているように感じた。

「どうも」幸樹は頭を下げた。

「そろそろ帰らないとおうちのかたが心配するんじゃない？」

「うっせえな！」

八巻の怒声に、母親がびくっとして身を引いた。

「スーパーのお惣菜でよければ食べていく？」八巻の顔色を窺うように母親が訊いた。

「いえ、大丈夫です」

このタイミングで帰ろうと幸樹は腰を上げた。すかさず八巻も立ち上がり、幸樹の肩に手を回してきた。

「これから出かけるからいらねえ」

八巻が母親を押しのけて部屋を出た。母親の傍らにいる大和が目に入る。

「こんな時間に、どこに？」母親が訊いた。

「おめえには関係ねえだろ！」八巻が吐き捨てると、大和が怯えたように母親の後ろに隠れた。八巻はふたりから目をそらしこちらを見た。

「どうもお邪魔しました」幸樹は溜め息を押し殺しながら言い、玄関に向かった。

靴を履いて家を出ると、八巻がドアを乱暴に閉め、駅のほうに向かって歩きだした。

家にいるふたりに同情しながら、幸樹も暗い夜道を進んだ。

八巻の母親は近くのスーパーでパートをしているが、おどおどしたような接客が印象に残っている。息子が不登校になり、石原中の生徒や保護者と顔を合わせると気後れするのだろう。幸樹の母親によれば、スーパー以外の仕事も掛け持ちしているそうだ。

大和は礼儀正しく、近所でも評判がいい。いつだったか大和が花屋にいるのを見かけて声をかけたことがあった。大和は月の小遣いだという千円札を握り締め、母親の誕生日プレゼントの花束を作ってもらっていた。

「ここからおまえひとりで行け」八巻が横断歩道の手前で立ち止まって言った。信号を渡った先に錦糸公園がある。

「会ったらどんなことを話せばいいんですか？」もう逃げられない。当たり障りのない会話をして帰ろう。

「適当にガーディアンの活動を褒めてりゃいいよ。おまえと別れた後に、とっ捕まえて痛めつけるから」

ガーディアンのせいで今まで学校に行けなかったのだとしたら、どんなことをするかわからない。

信号が青に変わり、気が滅入りながら横断歩道を渡った。噴水があるほうに向かう。

公園にはかなりの数の人が行き交っている。公園のまわりにある総合体育館やショッピングセンターから出てきた帰宅途中の会社員や買い物帰りの人たちが通っていくのだ。

それでも自分と同じ年頃の人はいない。少なくとも制服を着た学生は自分ひとりだ。

噴水の前にたどり着いたが、近くには誰もいない。

幸樹は噴水の縁に腰かけ、公園の時計に目を向けた。もうすぐ十時だ。

心細い思いであたりを見回したが、八巻がどこにいるのかはわからない。

とんでもないことに巻き込まれてしまったと思いながらも、ガーディアンがどんな人なのかには興味があった。

小学生の頃、石原中は荒れているといろいろな人たちから聞かされてきた。だが実際に入学してみると、先輩たちはみんなおとなしかった。昨年の二学期頃からガーディアンという存在が現れ、不良を一掃したおかげだという。

たしかによくできたシステムだと、最初に送られてきたメールを見て思った。いったいどんな人が考えたのだろう。

約束の時間を三十分過ぎたが、誰も現れない。

幸樹はスマホを取り出した。ガーディアンからのメールはない。あたりを見回すと、少し離れたところにある木の陰から八巻がこちらを窺っているのが見えた。

「日下部か――?」

いきなり声がして振り返ると、すぐ後ろに教師の辻が立っている。

「こんなところで何をしてるんだ」

辻に訊かれ、「あ、いえ」と言葉が詰まった。

「もう十時半過ぎだぞ。早く家に帰りなさい」

「あの……はい……」

どうするべきかわからず八巻のほうに目を向けると、八巻がそそくさと公園から出ていった。

5

柳瀬《やなせ》七緒《ななお》は食べかけのパンを皿に置いて立ち上がった。

「おかあさん、ごめん。時間ないからちょっと残してく」

台所から出てきた母親が時計に目を向け、「まだ大丈夫じゃない」と言った。

「今日はちょっと早めに行かなきゃいけないんだ」

いつもはぎりぎりに出て走って学校に向かうが、今日はそういうわけにはいかない。

七緒は鞄を手にすると玄関に行き、急いで靴を履いた。家を出てしばらく歩くと石原中の生徒たちの姿が見える。皆そのままっすぐ学校に向かっていくが、七緒は途中にある公園に入った。真凜《まりん》はこの公園を横切って学校への道に合流するはずだ。この時間であればまだ通っていないだろう。

七緒はベンチに座って真凜が現れるのを待つことにした。それなりに心の準備が必要だ。

真凜と会話を交わすのはどれぐらいぶりだろう。夏休みに入る前に素《そ》っ気《け》なくされてから、話しかけづらくなってしまった。今日のきっかけを逃すと、このまま話せなくなってしまうかもしれない。

石原中の生徒がひとり、またひとりと、七緒のことをちらちら見ながら通り過ぎていく。胃が痛くなってきた。

通学路と反対側の出口に目を向けていると、真凜が見えた。真凜はいつものようにマスクをして、うつむきがちに歩いている。こちらには気づいていないようだ。

気持ちを奮い立たせて立ち上がると、真凜がこちらに顔を向け、目が合った。だが、真凜はすぐに顔をそらし、そのまま歩いていく。

気持ちが崩れそうになった。うつむくと、鞄の取っ手を握った自分の手が、小刻みに震えている。

でも、せっかく決心したんだ。

七緒は顔を上げて真凜に駆け寄った。公園を出たところで「おはよう」と声をかけると、真凜がこちらを向いた。だが、立ち止まらない。

「今日、学校が終わったら何か用事ある?」七緒は真凜の横を歩きながら訊いた。

真凜は何も言わない。

「少しでいいから時間を作ってくれないかな」

「用事があるから」マスクの奥からくぐもった声が聞こえた。

「そっか。じゃあ、今渡しておく」

七緒は努めて何でもない事のように言いながら、鞄から紙袋を取り出した。

冷たい眼のまま真凜が首をかしげた。

「誕生日、おめでとう」

真凜に話しかけるならこの日しかないと思い、あれこれ悩んでレターセットを買った。真凜が好きそうなかわいい猫のイラストが描かれている。

「気に入ってくれるといいけど」

真凜は中身を見ないまま紙袋を鞄に入れると、「ありがと」と言って歩調を速めた。

――わー、かわいい。

――でしょ、ぜったい真凜が好きだと思ったんだ。

プレゼントの内容で話を盛り上げるつもりでいたので、すぐに次の言葉が出てこない。

無言のまま真凜に並んで学校に向かう。

どうしてこんなふうになってしまったんだろう。

小学校のときは一番の仲良しだった。何か悪いことをしたわけではないし、気に障るようなことを言った覚えもない。ただ、自分なりに心当たりはあった。

石原中に入ると七緒と真凜は違うクラスになった。小学校のときと変わらず真凜は大切な友人だと思っていたが、それでも同じクラスの生徒と遊ぶことが多くなった。

昼休みに七緒のクラスに来てくれても、クラスメートと盛り上がっている最中ではなかなか抜け出せない。ごめんねと真凜に向かって両手を合わせると、彼女は軽く笑って立ち去った。休みの日に遊びに誘われ、クラスメートとの約束を優先して断ったことも何度かあった。

新しいクラスメートと早く打ち解けなければという思いは真凜も同じだろうと考えていた。

一学期の終業式の朝、登校中の真凜を見かけて声をかけた。

夏休みの間にふたりでどこかに行かない？

真凜は「いい」とだけ答え、早足で歩き去っていった。

夏休み明け、ひさしぶりに目にした真凜はマスクをしていた。最初は風邪《かぜ》でもひいたのだろうかと思っていたが、一週間経っても二週間経ってもマスクをしたままだった。登下校のときも、昼休みのときも、見かけるときはいつも。

口のあたりを怪我《けが》したのではないかと気になり、真凜のクラスの生徒に訊いたことがあったが、給食のときにはマスクを外していて普通だったと言われた。教師にはアレルギーだと話しているみたいだ。

マスクをするようになってからさらに真凜に話しかけづらくなった。口もとが見えないと、彼女の気持ちがまったく読めなくなった。

嫌われてしまったなら、それはそれでしかたがない。そう諦めかけていた二週間ほど前に、心配になることがあった。ゲームセンターで真凜と不良っぽい男女を見かけた。石原中の生徒ではない。からだつきを見るかぎり中学生ではないと思った。さらにその中のひとりの男は首に大きなタトゥーをしていて、真凜の肩に手を回していた。

どうしようもなく不安だが、誰にも相談できない。

信号の手前で、旗を持って立っている教師が見えた。今日は真凜の担任の細木《ほそき》だ。登下校の際には教師が日替わりで学校周辺の横断歩道に立って通学指導をしている。七緒は赤信号の前で立ち止まり、「おはようございます」と細木に挨拶した。真凜は軽く会釈するだけだ。

「おはよう」細木は挨拶を返すとすぐに信号機に目を向けた。

真凜がずっとマスクをしていて元気がなくても、細木は気にならないのだろうか。

信号が青に変わり、「気をつけて渡ってね」と細木が旗を向けると、飛び出すように真凜が歩きだした。そのまま早足で歩かれ、どんどん真凜の背中が遠くなっていく。

校門が近づく頃には真凜の姿は見えなくなっていた。憂鬱な気持ちのまま校門の前に立っている秋葉と加藤に挨拶し、校舎に入った。上履きに履き替え一年A組の教室に向かう。教室に入ると窓際の席に数人の男子生徒が集まり何やら騒いでいる。まったくやかましいなと、うんざりしながら自分の席に座った。

「いったい何騒いでんの？」七緒は隣の席のヒロに訊いた。

「日下部の席に折鶴が置いてあったの」

七緒はぎょっとして窓際に目を向けた。男子生徒たちの隙間から、机の上に置かれた赤い折鶴のようなものが見える。

「折鶴って、まさか……」

ヒロが眉をひそめて頷いた。

「誰が置いたの？」七緒は訊いた。

「B組の仲《なか》あゆみだって」

話をしたことはないが顔と名前は知っている。

「日下部は何をしちゃったんだろう」

不良ではない。いつもおちゃらけたことを言っているひょうきん者だ。

「さあ……」

ヒロが首をひねったとき、さっとあたりが静まり返った。

「おっはよー」

日下部が教室に入ってきた。明るい調子で声をかけ、自分の席に向かっていく。窓際に集まっていた男子生徒たちに声をかけるが、みな戸惑ったように無言のまま席に戻っていく。

日下部は首をかしげたが、自分の机の上を見て動きを止めた。うろたえたようにあたりを見回すが、みんな顔をそむけた。

助けを求めるような日下部と目が合った。どうしていいかわからず、顔を伏せた。

チャイムが鳴った。うつむいたままでいると、教室のドアが開く音と、「おはよう」という声が聞こえた。顔を上げると、教卓《きようたく》の前に立っていた担任の蓮見が日下部のほうを見ている。

「日下部くん、どうしたの？」

こっそりとそちらを見ると、茫然《ぼうぜん》と立ったままでいた日下部が「いえ……」と呟いて席に座った。

給食が終わって教室から蓮見が出ていくと、クラス中が日下部の話でもちきりになった。

「大食いの日下部がいなくて給食あまっちゃったね」食器を片づけながらヒロが言った。

「そうだね」

日下部は一、二時間目の授業は受けていた。だが三時間目の途中に体調が悪いと言って保健室に行った。四時間目が終わると教室に戻ってきて、鞄を取ってドアに向かった。何か言いたそうにまわりを見ていたが、誰も日下部を見ず、声もかけなかった。

そんなに親しいわけではないが、心細そうな顔で教室を出ていった日下部を思い出し、胸が痛んだ。日下部がどんなひどいことをして制裁を受けることになったのかがわからないので、気持ちの持って行き場がない。

食器を片づけヒロと席に戻ると、ユミリンが話しかけてきた。

「一年生では初めてだよね。これからどうなっちゃうんだろう」

ここでもその話か。

「あまりその話はしないほうがいいんじゃない。先生とかに聞かれたらマズいし」

「そうだけどさあ……でも気になるじゃない」

「そうだね。あ、返さなきゃいけない本があるから図書室行ってくる」

今日返さなくてもよかったが、七緒は鞄から本を取り出して教室を出た。廊下でも他のクラスの生徒たちが立ち話をしている。日下部の話だ。

その生徒たちの前をすり抜けると、B組のドアが開いていて、給食の食器を片づけている真凜が見えた。マスクをしていない真凜の顔をひさしぶりに目にした。

真凜は自分の席に戻ると、マスクをして、鞄から本を取り出し読みはじめた。七緒は図書室で本を返すと校庭に出た。生徒たちがサッカーやバスケットボールをしている。

ふと、花壇《かだん》に水やりをしている女の子が目に留まった。仲あゆみだ。七緒が近づいていくと、あゆみがこちらに顔を向けた。

「こんにちは。わたしA組の柳瀬」七緒は思い切って声をかけた。「もしかして折鶴のこと？」

あゆみは同い年と思えないほどスタイルがよく、少し緊張した。

「そう。仲さんが日下部くんの机に折鶴を置いたって聞いて」

「あなたで十三人目」あゆみが肩をすくめた。

「ごめんなさい。うんざりだよね」

「別にいいよ。わたしもちょっと話したかったし」

「わたしと？」

「三Aの常盤《ときわ》先輩のいとこなんでしょう。わたし常盤先輩に憧れてるんだ」

「もしかしてダンスやってるの？」七緒が訊くと、あゆみが頷いた。

いとこの常盤結衣《ゆい》はダンスが得意だ。小学校のときから近くのダンス教室に通っていて、よくイベントに出ていた。

「同じダンス教室に通ってるんだ。三年になってからほとんど来なくなったけど」

「受験だからね。で、どうして仲さんが折鶴を？」七緒は訊いた。

「登校してきたらわたしの上履きの中に折鶴と日下部くんの名前を書いたメモが入ってたの。どうしていいかわからなくてダンス部の先輩に相談した」

「メンバーには入ってないの？」

「うん、まだだったの。先輩にはメモに書いてある生徒の机に折鶴を置いてくればいいって言われた。でもそんなことしたらわたしがガーディアンだと思われちゃうって言ったら、大丈夫なんだって。暗黙の了解で、折鶴を置いた人は関係ないってみんなわかってるって」

なるほど。ガーディアンは折鶴を置かせる生徒をランダムに選んでいるのか。ガーディアンを仕切っている生徒が誰かわかっていれば、こんな制度は成立しないだろう。

「わたしもメンバーになるって決めて、先輩からメルアドを教えてもらった」

「怖くない？」

「ぜんぜん。先輩が言ってたんだけど、ガーディアンのおかげでずいぶん過ごしやすくなったらしいよ。去年の一学期までは不良がけっこういたみたい。ガーディアンのおかげでそういう人がいなくなって、安心して遊べるようになったって」

タトゥーをしている不良と交友があるとガーディアンに知られたら、真凜も制裁を受けてしまうのか。

悲しそうに教室から出ていった日下部の姿がよみがえってきた。

真凜にあんな思いをさせたくない。

「お願いがあるんだけど」

七緒が言うと、あゆみが「何？」と訊いた。

「わたしにもメルアドを教えてくれない？」

6

校門を抜けると、いきなりタックルを食らった。

「痛《い》てえなあ」

若木陸《わかぎりく》が唇をとがらせて振り向くと、B組の西尾宗次郎《にしおそうじろう》がにやにやしながら立っている。

「どうだ、試験勉強進んでる？」

西尾に訊かれ、陸は天を仰ぐようなしぐさで応えて歩きだした。

三年生では違うクラスになったが、西尾は中学に入ってからの一番の友人だ。

「そっちは？」

一応訊くと、西尾も肩をすくめた。

「これからうちに来ないか？　兄貴がプレイステーションVR買ったんだ」

西尾の話を聞いて、陸は「うっそー！」と叫んだ。

３Dのゲーム機だ。遊んだことはおろか、実物を見たこともない。

「ケチだからぜんぜん貸してくれねえけど、今日はこの後バイトでいないからやれるぜ」

「うわー、しまった。今日はちょっと用事があるんだ」

魅力的な誘いだが、夕方から夏海《なつみ》と映画を観に行くことになっている。自分の好みの映画ではないが、夏海がファンのアイドルユニット『フレンズ』の中村《なかむら》が出ているのでしかたがない。試験の前日であればうちの生徒とは顔を合わせないで済むだろうということで今日になった。

「そっか、残念だ。おれひとりで楽しむよ」

「明日はどうだ？」

「兄貴がいないかどうかわからないからなあ」

「そっか……」

西尾と別れて歩いていると、少し先に赤白青のサインポールが目に入った。

そろそろ髪を切ろうと思っていた。待ち合わせまでには時間がある。どうせならデートの前に切っていこう。

床屋に入っていくと、待ち合い用のソファで新聞を読んでいた主人がこちらに顔を向けた。

「陸くん、ひさしぶりだね」

主人が新聞を置いて立ち上がると、陸は上着を脱いでバーバー椅子に座った。主人が陸の髪をいじる。

「ずいぶん伸びたね。三、四ヵ月ぶりぐらいかな？」

「そうっすね」

「学校では注意されないの？」

「今は大丈夫っすよ」

以前は髪型に関して異常なほど厳しかった。

女子生徒は髪を染めていないかぎり厳しい指導はされなかったが、男子生徒は少しでももみあげが耳にかかっていたり襟足《えりあし》が長かったりすると職員室に連れて行かれ髪を切られた。その急先鋒《きゅうせんぽう》になっていたのは体育教師の武藤だ。

武藤は学校一の強面《こわもて》の教師だった。指導が厳しいことで有名で、反抗する生徒には平手打ちをする。サッカー部の顧問として全国大会に何度も出場させるという実績があったので、そんな厳しい指導も大目に見られていたのかもしれない。

武藤は少しでも髪が長い男子生徒を見つけると、嬉々とした表情で職員室に連れて行くのだ。実際に陸も武藤に髪を切られたことがある。

だが、二学期の後半になると、そういう指導はいっさいなくなった。

その頃、ガーディアンにまつわる話が生徒たちの間で広がるようになり、ガーディアンが武藤の指導をやめさせたのだと噂になった。陸たち男子生徒にとってはありがたいことだった。

陸はポケットからスマホを取り出した。ネットにつなぎ、『フレンズ』の中村の写真を探す。一番格好いいと思う写真を選び、主人に見せた。

「こんなふうにしてほしいんだけど」

そのためにこれまで伸ばしていたのだ。

「おじさんにはこんなの無理無理。美容室に行ったほうがいいんじゃない」主人はスマホの画面を見ながら首を振った。

髪を切るのはここだと親から決められている。中学生の料金が千五百円と安いこともあったし、父親も子供の頃からこの床屋を利用しているからだ。

「そこを何とかがんばってよ。おれの人生がかかってるんだから」陸は両手を合わせて拝んだ。

7

吉岡優奈《よしおかゆうな》が教室を出ると、体育教師の武藤がいた。窓の前に立ち止まり、校庭を見ている。

「先生、さようなら」近づきながら優奈が挨拶すると、武藤がこちらに顔を向けた。

「おう。気をつけて帰れよ」と大きな声で言って武藤が歩きだした。

優奈は武藤がいた場所から窓の外を覗いてみた。

校庭でサッカー部が練習している。一、二年生に交じって松山大雅《まつやまたいが》が走っているのがわかった。

受験を控えた三年生は、先月で部活動を引退したはずだ。しかも明日からは期末試験だ。下級生と一緒にボールを蹴っている場合ではないだろう。試験直前なので参加人数も少ない。

サッカーのことをよく知らない自分でもわかるほど、大雅は他の誰よりも懸命に走り回っている。息を切らせ、額の汗をユニフォームで拭いながら、下級生に「止まるな、走れ！」と檄を飛ばしていた。

そうとう悔しかったのだろう。

先月行われたサッカーの試合でうちの学校は敗れた。

全国大会地区予選の準々決勝まで進んだとなればじゅうぶんすごいが、大雅たちにとっては屈辱《くつじょく》以外の何ものでもなかっただろう。

石原中のサッカー部は昨年まで五年連続で全国大会に出場していた。全国優勝こそしていないものの、昨年と一昨年はベスト4まで進んだ。全国出場が当たり前だと思われているのに、その一歩手前にさえ行けなかったのだ。

今年の新学期から武藤に代わり、辻がサッカー部の顧問になった。サッカーの経験があるわけでもなく、昨年教師になったばかりで授業さえうまくできていない辻に顧問を任せて結果が出せるわけがない。

武藤は家庭の事情で顧問を続けられなくなったと部員に伝えたそうだが、本当はそうではない。

松山がゴールに向かってボールを蹴った。ボールはゴールポストを大きくそれた。大雅がその場に立ち止まり頭を大きく振った。その後、こちらに気づいたように動きが止まった。

優奈はとっさにその場を離れた。胸の鼓動を抑えながら階段に向かう。

こんなに長い時間彼を見ていたのはいつ以来だろう。今年の予選大会は一度も試合を観に行かなかった。行きたかったが、やめたほうがいいと言われ諦めた。

観に行った人によれば、試合終了のホイッスルが鳴った瞬間、三年生の部員は一様にその場に頽《くずお》れたという。特に大雅は両手で涙を拭きながらしばらく動かなかったそうだ。

その話を聞いて、行かなくて正解だったと思った。もし大雅のそんな姿を目にしていたら、自分はどうにも耐えられなかっただろう。

玄関で靴を履き替えていると、「おつかれ」と声が聞こえ、優奈は振り返った。トートバッグを肩から提げた担任の佐久間が靴を履き替えている。

「どこか行くんですか？」優奈は訊いた。

「これから研修なのよ」

そう答えた佐久間と一緒に優奈は玄関を出た。

「先生でも研修があるんですか？」

佐久間はこの学校でもベテランに入る教師だ。

「そうよ。次々と勉強しなきゃいけないことが出てくるから」佐久間がうんざりしたように肩をすくめた。

「大変ですね」

「まあね。でも三Cの生徒はみんないい子だから助かってる」

その言葉に、優奈は愛想笑いをした。

「調子はどう？」

どう答えようかと考えながら目を向けると、「訊くまでもないか」と佐久間に笑顔で言われた。

「会長の引き継ぎが終わって勉強に集中できるもんね。あなたのことは心配してないから、とにかく風邪とか病気にだけは気をつけて。じゃあね」

佐久間は校門を抜けながら軽く手を振り、足早に駅のほうに歩いていった。

遠ざかっていく背中を見つめながら、あらためて寂しくなった。

自分は見られていない。

たしかに優奈は生徒会長だったたし、問題を起こすようなこともしない優等生だと思われている。

でも、何もわかっていない。

佐久間だけではない。一年生のときの担任の蓮見も、二年生のときの担任の辻も、学校の成績や教師の前での行いなどしか見ていないのだ。

学校の近くの区立図書館に入ると、まっすぐ閲覧席に向かった。石原中の制服を着た女子がふたり隣り合わせに座っている。下級生のようだ。

優奈は彼女たちから少し離れた席に座り、鞄から参考書と筆記用具とスマホを取り出した。スマホの電源を入れロックを解除すると、フリーメールにログインした。

一件の新着メールが入っている。

『一年A組の柳瀬七緒です。ガーディアンのメンバーになりたいのですが』

今日は彼女で三件目だ。すべて一年生からの登録希望だった。

返信を送ろうとしたが、続きがあるのに気づき手を止めた。

『実はガーディアンさんに相談したいことがあります。一年B組の川越《かわごえ》真凛さんについてです。二週間ほど前に錦糸町駅近くのゲームセンターで不良っぽい人たちと一緒にいるところを見かけました。石原中の生徒じゃなくて高校生ぐらいで、ひとりは首にタトゥーをしてました。でも川越さんは不良ではないので彼女に制裁を下さないでほしいです。とても大切な友人だけど、わたしが川越さんに言ってもだめなんです。どうか彼女を助けてください。お願いします』

石原中の生徒ではなく、しかも首にタトゥーをしているような人物。

難しい相談だと感じたが、優奈は一応メールの文面をコピーした。ラインに切り替えると、『今日は三人の一年生から申し込みがあった。そのひとりからこんな相談を受けた』と打ち、その下にメールの文面を貼りつけた。

すぐにアテナから『一年はこれで43人か。まだ少ないね』と返ってきた。

石原中の生徒数は一年生が九十四人、二年生が百二人、三年生が九十八人。そのうちメンバーは二年生七十二人、三年生が八十三人。

『ぼくらが卒業するまでに何とか手を打たないと』アポロンからラインが来た。

『柳瀬七緒からの相談はどうする？』優奈が訊くと、ふたりともためらっているようでしばらく連絡がなかった。

『アテナとアルテミスはどう思う？』アポロンから返事がきた。

他校の生徒、しかも高校生が関わる問題を解決するのは難しいのではないか。

優奈はそう返したが、アテナからは『できれば願いを叶えてやりたい』とラインがあった。

『そうだね。調べてみようか』

アポロンのメッセージを見て、優奈は溜め息を漏らした。

8

教室に入ると、二年生の部員たちがこちらに注目した。

「日下部の机に折鶴が置かれたんだってね」

部長の涼子がすぐに声をかけてきたが、大山葵はどう答えてよいかわからず曖昧《あいまい》に頷いた。

上級生にもすでに伝わっている。

「日下部はいったい何をやっちゃったんだろう」

副部長の志穂が言ったが、葵は日下部の机に折鶴が置かれていて、昼前に体調不良で早退したことしか知らない。

「どういうことをすると制裁を受けるんですか」葵は逆に訊いた。

「葵ちゃんはメンバーに入ってないの？」

涼子に言われ、葵は頷いた。

「ひとつは悪いことをしたときだね。たとえば、他の生徒をいじめたり、それに万引きやカンニング、夜遊びとか。あと、ガーディアンのことを親や先生に言ったりすると制裁の対象になる」

それほど深い付き合いではないが、日下部が他の生徒をいじめたりするようには思えない。万引きをして見つかってしまった、とかだろうか。

「早退してくれて助かったかも。もし部活に来たらどうしていいか困るもんね」

そう言った志穂に葵は目を向けた。

「日下部くんが学校に来たら先輩たちはどうするんですか」

葵が言うと、二年生のみんなが困ったように黙り込んだ。

「ガーディアンの制裁を受けた人に話しかけるのは禁じられてるの」涼子が重そうに口を開いた。

「部活に来ても無視するっていうことですか？」

涼子が頷いた。

「そうしなかったら今度はわたしたちが制裁を受けちゃうから」

「そんなのいじめじゃないですか」

「いじめじゃなくて学校の秩序を保つためのルールだよ」

「でも、日下部くんが悪いことをしたとはかぎらないじゃないですか。どういう理由で制裁を受けることになったか、みなさんわからないんですよね」

「そう言われちゃうとアレだけど……そこは、ガーディアンを信頼するしかない。もしガーディアンに逆らって日下部を受け入れたりしたら、きっとこの部は消滅しちゃうよ」

「でも限界があるよね。部活に来られたらまったく話をしないわけにはいかないし。日下部が台詞を言っても何も返さなかったらバッチに変に思われちゃう」

秋葉の話になり、志穂の言葉に同意するように二年生が頷き合っている。

「ガーディアンだってさすがにそこらへんは考慮してくれるんじゃないかな。わたしたちが話すのは日下部じゃなくてあくまでガーエフなんだから。それにガーディアンの存在を教師や親に明かしてはいけないってルールもあるわけだし。そのためにしかたなく、なんだから」涼子が困ったように言った。

「それでも一応ガーディアンに連絡しておいたほうがいいんじゃない？」他の部員が言うと、涼子が頷いた。

「そうだね。もっとも、早く日下部の制裁が解除されるのが一番いいんだけど。やりづらくってしょうがない」

「どうやったら制裁は解除されるんですか」葵は訊いた。

「はっきりとはわからない。ただガーディアンから『制裁を解除する』っていうメールがメンバーに届くんだ。過去に制裁を受けて学校に来なくなった人もしばらくしたら解除されてた。ずっと制裁を受けたままなのは三年生の八巻さんって人だけ。三年生の先輩に聞いた話だと、いろいろ問題のある人だったみたい。ゲームセンターに入り浸ってて、他校の不良とつるんでカツアゲや万引きをしたりして」

「いつから学校に来ていないんですか」

「去年の九月ごろからだって。問題児だったからガーディアンの制裁を喜んでる人は多いんじゃ……」

ドアが開く音がして、涼子がとっさに口を閉ざした。

秋葉が教室に入ってきた。二年生たちは何事もなかったように準備体操を始めた。

秋葉があたりを見回し、「日下部はどうした？」と訊いたが、二年生の誰もが首をひねっている。

「体調が悪くて早退したみたいです」

葵がしかたなく答えると、秋葉は「そうか」と言って椅子に座った。

期末試験の前日なのでいつもより早く部活が終わった。二年生たちが次々と教室を出ていく。葵も鞄を持ってドアに向かった。秋葉が近づいてきて、そのまま一緒に教室を出て階段に向かう。

「髪切ったんだな」

秋葉に言われ、葵は頷いた。

「どこの美容室に行ってるんだ」

「駅前の……」葵は言葉を濁しながら毛先をいじった。

「今日は何だかみんな元気がなかったな」

「そうですか？」

「やっぱり日下部がいないと寂しいよなあ」

「そういうわけじゃないですけど……試験の前日に元気な人のほうが珍しいですよ」

葵が言うと、秋葉が「それもそうか」と笑った。前を歩いていた二年生が階段を下り、姿が見えなくなった。

「秋葉先生は今年からこの学校に来たんですよね」葵は歩調を緩め、訊いた。

「ああ」

「前の学校と違うところはありますか」

「そうだなあ……みんな、いい生徒だという印象が強いかな」

秋葉がそう言ってこちらに目を向けた。

「別に前の学校の生徒が悪いという意味じゃない。ただ、中には問題を起こす生徒もいたから。この学校ではそういう生徒は見かけないし、至って平和だなと感じる」

平和――か。

先生の誰もガーディアンの存在に気づいていないようだ。

「それにしても日下部くん、どうしちゃったんでしょうね。朝見かけたときは元気そうだったのに」

「たしかにな……」

今朝は秋葉が校門に立ち生徒たちに声をかけていた。登校時の日下部の様子だって見ていたはずだ。

「まあ、明日は登校するんじゃないかな。試験もあるし」秋葉があっさりと言った。

登校してから早退するまでの変化にも特に気づいていないようだ。

「じゃあ、寄り道しないで帰るように」秋葉はそう言うと職員室に向かった。

玄関で靴を履き替えて校舎を出ると、あたりは薄暗かった。校門を出て自宅に向かう。

いつもよりも足が重く感じる。中学に入ってしばらくはこんな感じで登下校していた。

この数ヵ月で何かが大きく変わったわけではない。新しい家族とも馴染めないままだし、仲のいい友人ができたわけでもない。ただある日帰るとき、部活であった出来事を思い出しながら家に向かってどんどん歩いていけている自分に気づいた。

日下部のことを異性として意識したことはない。それ以前に自分は男性と接するのが苦手なようだ。仕事をしていた頃からそうだった。それなのに、日下部がいなかっただけで帰りの足取りがこんなにも重くなる。

日下部はこれからどうなるのだろう。自分はどうすればいいのだろう。

そもそも、いくら生徒たちに口止めしているとはいえ、先生も親もガーディアンという存在にまったく気づかないものだろうか。

だけど、案外そんなものかもしれない。

昨日帰宅すると継母の美江《みえ》は葵の髪を見て「なかなか似合ってるわね」と微笑んだ。今朝父にもまったく同じことを言われてがっかりした。担任の森《もり》も学校で同じ反応だった。

葵が出演していた学園ドラマと違い、自分たちは悩みをべらべら話したりしない。

現実の親や先生は、わずかな手がかりから子供が隠している問題にたどり着く洞察力を持っているわけでもない。

あんな嘘っぱちなドラマを全国放送されるのはもううんざりだ。

目の前にコンビニの看板が見えた。店の外から中の様子を窺ったが、日下部の姿はなかった。

『いなりや』を通り過ぎたときに、あのとき日下部に言えなかった言葉を思い出す。

その平和は本物じゃないよ――。

マンションに入るとエレベーターで三〇三号室に向かい、チャイムは鳴らさず自分で鍵を開けた。

大きく息を吐き出してからドアを開ける。気持ちが楽にならないままリビングのドアを開けると、床に寝転がっていた弟の怜治《れいじ》が起き上がった。「ねね、ねね」とよちよち歩きでこちらに向かってくる。

「葵さん、おかえりなさい」

キッチンで夕食の準備をしていた美江が声をかけてきた。

「ただいま」

「お父さん、帰りが遅いんだって。すぐに夕食にする?」

葵は頷いた。

た。

葵は怜治の頭を軽く撫《な》でてから自分の部屋に入った。鞄を床に置くと勉強机の一番上の引き出しを開けた。スマホを取り出すと、メールが届いている。嫌な予感がした。

『いつまで待たせるの?』

やはり真理《まり》からのメールだ。葵は返信した。

『もうちょっとだけ待って』

スマホを机の上に置くと、ドアを開けた。

「美江さん、ごめんなさい。やっぱりこれから勉強します。先に食べててください」

葵はそう告げるとドアを閉め、椅子に座った。どうしよう。

スマホが震えた。

『もうちょっとっていつ?』

十万円なんて用意できない。

参考書を買うためと美容室に行くという名目で美江から七千円をもらったが、貯めていた小遣いと合わせても一万五千円にしかならない。芸能活動で稼いだお金は離れて暮らす母が管理していた。

『ちゃんと見てるの!? 葵が払えないならこの写真を送るよ。そしたらこれ以上恐喝

「着替えてきます」

されないかも』

メールには写真が添付されている。恐る恐る開いてみると、あの写真だった。

スマホを持った手が汗ばむ。返信しなければならない。息が苦しい。頭の中でうまく言葉がつながらない。

どうしてあんな写真を撮らせてしまったのだろうか。

六年生になったばかりの頃の自分はどうしようもなく荒《すさ》んでいた。

その半年前に母と離婚した父が他の女性と再婚したと知らされた。それまではいつか復縁してくれるだろうと信じていたが、もうそれは叶わないのだと絶望した。

そもそも自分が芸能活動などしなければ両親は離婚しなかったのではないかと、仕事を続ける意欲も湧かなかった。

親友だった真理の家に泊まりに行ったときに、葵はそれらの悩みを話した。すると真理は何か楽しいことをして嫌なことを忘れようと言いだした。

真理は最近買ってもらったというスマホで出会い系サイトにアクセスした。下心むき出しの馬鹿な書き込みを見てげらげら笑い合っていたが、その中にあったひとつにふたりして興味を抱いた。

ふたりがファンだった『フレンズ』の吉瀬《きちせ》くんのオフショット写真を持っているという書き込みだった。その写真を見せてほしいと何度かメールのやり取りをしているうちに、自分たちの裸の画像と引き換えにそれを送ると言われた。

葵はためらったが、真理は乗り気だった。顔を写さなければ問題ないよと真理に言われふたりでお互いの写真を撮り合ってメールしたが、けっきょく相手から吉瀬くんの写真が送られてくることはなかった。

そんな写真を撮ったことも忘れかけていた頃に、真理が深刻そうな顔で葵に相談してきた。

以前写真を送った相手から脅迫メールが届いたという。メルアドから真理の名前や住所を知られてしまったそうで、五万円を用意しなければ名前や住所とともに裸の写真をネットにばらまくというのだ。

葵と真理はお年玉などで貯めた貯金を下ろして何とか五万円を工面した。だがそれで脅迫は終わらず、真理はそれからもメールで脅されたと言っては、葵にお金を用意してくれと泣きついてきた。自分はたいした小遣いをもらっていないから、芸能界で活躍している葵に頼るしかないのだと言われ、そのたびに何とかお金の工面をした。

だが、いくら芸能界にいるといっても、お金の管理は母がしているのでそんな大金を何度も用意できない。

葵は親や教師に相談しようと真理に言ったが、そのことを相手に知られたら裸の写真や自分の情報をネットにさらされてしまうと取り合わなかった。相手からの脅迫メールを見せてほしいと言っても、真理は何だかんだと理由をつけて見せようとしない。

そもそも脅迫などされていなかったのではないかと、葵は考えるようになった。そうであれば、真理はどうしてそんなことをしたというのか。行き着いた答えは、親友だと思っていたのは自分だけだったのだという単純なものだった。

まわりの人たちと同じように、葵の名前が知られるようになってから、真理は変わってしまったのだろう。ただそれを表には出さず、自分の財布代わりとして利用できないかと考えたのではないか。

芝居は続けたかったがこのままでは夕カられるだけだと思い、しばらく芸能活動を休止したいと母に告げた。母や事務所からの猛反対を受けたが、葵は勝手にブログに活動休止のコメントを書き、そのことがマスコミに報じられ既成事実となった。

だが、真理の要求はそれからも止まらなかった。お金がないと断ると徐々に乱暴な言動になっていった。母に引っ越したいと訴えたが、理由もきちんと説明できず、期待を裏切った葵の願いに応えてくれるはずもなかった。

葵は最後の手段として父に一緒に暮らしたいと泣きついた。再婚した女性との間に子供が生まれたばかりの父は葵の願いに困惑していたようだが、母と話して引き取ってくれた。

それまで使っていたスマホを解約して父たちとの新しい生活を送っていたが、一週間前に真理から封書が届いた。

どうやって今の住所を調べたのかわからなかったが、中に入っていた自分の顔が写しだされている裸の写真を見て心臓が飛び出しそうになった。

真理は「ピンボケした」と言ってもう一枚撮ったときに、この写真を撮っていたのだろう。

同封されていたメモ紙には『新しい連絡先を知りたいからメールして』と書いてあった。

真理と会うのには深いためらいがあったが、連絡しなければ何をされるかわからないと思い、しかたなくメールした。すぐに真理から返信があり、近いうちに十万円を用意するよう要求された。

『無視？　会って話そうよ。明日の四時にロッコスのフードコートに来て。もし来なかったら写真送るから』

ロッコスはスカイツリーの向こう側にあるショッピングセンターだ。

葵は震える親指で『わかった』と打ち、送信した。

『相手が納得するぐらいの頭金は用意してきてね』

一万五千円ではとても納得しない。どうすればいいだろう。

葵は迷った末に母とのラインを開いた。最後のラインは一ヵ月ほど前で『忙しいから。ごめんね』という母からのものだ。『今度ごはん食べに行かない？』と送った葵への返信だ。

母はフェイスブックやインスタグラムなどのSNSには日記や写真を頻繁にアップしているのに、葵がラインを送っても二行以上の返信が来ることはない。

『元気にしてる？　わたしはあいかわらず元気でやってるよ。実は学校の演劇部に入ったんだ。発表会でチェーホフの桜の園をやるから時間があったら観に来てほしいな。それで衣装を用意したいから少しお金を貸してほしいんだけど、お父さんと美江さんには言いづらくって、お母さんにしか頼めないから』

父は学業よりも芸能活動を優先することに反対だった。母はまったく逆の考えで、その価値観の違いで別れたのだろう。

お金を用立ててもらう追加の理由を考えている間に、返事がきた。

『葵はもうあの人の子供になったんだから、わたしに頼まないで。美江さんが悲しむよ』

しばらく画面を見つめていたが、視界が滲《にじ》んで文字が読めなくなった。これで、母とは終わった。胸が苦しい。

葵は目を凝らしてラインのスタンプを選んだ。うさぎのキャラクターが明るく「オッケー！」しているスタンプを貼りつけ、涙を拭いた。既読の表示が出ると、母をブロックした。

しばらくすると、部屋の外から聞こえてくるテレビの音に気づいた。喉が渇いたが、こんな顔を美江に見られるわけにはいかない。

テレビの音が消え、物音が聞こえた。どうやらお風呂に入ったようだ。

葵はドアを開けて、リビングの様子を窺った。ソファに寝転がった怜治が見える。美江はいない。

キッチンに向かい、冷蔵庫からジュースを取り出して飲んだ。浴室のドアが閉じる音と、シャワーの音が聞こえる。

ふと、テーブルの上に置いてある美江のバッグが目に留まった。

怜治の視線を感じながらバッグを見つめているうちに、鼓動が速くなった。

葵はバッグの中に手を伸ばし、財布を取り出そうとして、思い直した。

だめだ。そんなことをしたらすぐにバレてしまう。

でも、他に方法はない。

葵は財布をつかみ、中を開いた。

9

画面に次々と現れる敵を撃ちまくる。八巻創はゲーム機のボタンを連打した。

誰かに肩を叩かれて気がそれた隙に、敵の攻撃が命中してしまった。画面に『GAME・OVER』の文字が浮かぶ。

創が舌打ちして振り返ると、後ろに立っていたのは作業着姿の山根《やまね》だった。眉間《みけん》に込めた力を緩める。

「やられちまったな」山根が笑いながら言った。

「おつかれさまです。これから学校ですか？」創が訊くと、山根が大げさに顔をしかめた。

「仕事で疲れちまったから今日はサボる」

山根は創の一学年上の先輩だ。今年中学を卒業して、建築現場で働きながら近くの定時制高校に通っている。もっとも現場仕事はまだ見習いだそうだ。

「これからダチの家で飲むんだ」

山根の言葉を聞いて、とっさに断る理由を考えた。山根と飲みに行くと、いつも手下のように扱われる。

「すみません。今日はこれから用事があって……」

「そっか」

あっさりと山根に返され、拍子抜けした。最初から誘うつもりではなかったようだ。

「悪いんだけどさ、三千円ほど貸してくれねえか」

またか、と眉を寄せそうになり、かろうじて思いとどまった。一応手で拝むようにしているが、かれこれ二万円以上貸していて、戻ってきたことはない。

「今度の給料が入ったら絶対に返すから。おれとおまえの仲じゃん」

昨年の二学期から創は学校に行けなくなった。ガーディアンと名乗る人物からメールが送られてきて、添付されていた写真を公表されたくなければ学校に来るなと脅されたからだ。

写真は新聞記事の切り抜きだ。十年前、当時一緒に暮らしていた男とともに創を虐待した容疑で母親が逮捕された事件だった。

母親が恥をさらそうと創の知ったことではないが、その事実を知らない大和のことを考え、とりあえず学校を休んで対策を練ることにした。

その前の週、赤塚《あかつか》と南《みなみ》が揃って学校を長期欠席していた。三人でいじめていた松山と親しかった生徒が送りつけたに違いないと思い、山根にメールのことを話してその人物を捜してほしいと頼んだ。山根は松山や、石原中の生徒たちを脅しつけながら捜したそうだが、けっきょく正体がわからないまま卒業してしまった。

機嫌を損ねられて、母親のことを言いふらされたら困る。山根もそう知っているから、安心して金をせびってくるのだろう。

創は財布に残っていた三枚の千円札を山根に渡した。

「まだ学校に行けねえのか」

礼も言わず金を受け取った後、山根が訊いてきた。

創は頷いた。

「無視して行っちまえばどうだ。不登校のままじゃ高校に行けないだろう」

「高校に行く気ないっすから。先輩、おれのこと雇ってくれるところないですかね」

卒業したら働くつもりだ。

「中卒だと苦労するぜ。定時制ぐらい行っといたほうが……」

「学校なんてくだらないですよ」創が遮るように言うと、山根が少し身を引いた。

「まあ、知り合いに当たっといてやるよ」

「寮があるところがいいんですけど」

「そうか、早く出ていきてえよな」山根が薄笑いを浮かべ、持っていた札をひらひらさせながら離れていった。

ガーディアンを捜してもらうにしても、脅迫の内容までは言うべきではなかった。店から出ていく山根を見ながら舌打ちすると、創は椅子から立ち上がった。

店内をうろつくと、石原中の制服を着た男子がひとりでUFOキャッチャーをしていた。見たことがない顔だから、おそらく一年だろう。

ふたつ隣の台の前に立ってしばらく様子を窺っていると、男子がUFOキャッチャーの前から離れ、トイレに向かった。

男子が入って一拍置いてからドアを開けた。小便器で用を足していた男子がチャックを閉めてこちらに向かってくる。創は思いっきり肩をぶつけ、「痛てえな！　何しやがんだ！」と男子の胸ぐらをつかんだ。

「やべえよ。脱臼しちまったみたいだ。どうしてくれんだよ」

有無を言わさずまくしたて、顔をひきつらせ声を発せずにいる男子を壁に押しつけた。

「病院代出せよ。出さねえとどうなるかわかってんだろうな。おまえ、石原中の一年だろ。今だったら三千円で許してやるよ。そうじゃなきゃ、仲間集めて学校帰りに請求しに行くからな。そんときは手間賃含めて十倍だ」

男子がうろたえたように財布を取り出した。渡された三千円をポケットに入れてトイレを出た。すぐに出口に向かう。

くそっ――。

山根のせいで暇つぶしの場所をまたひとつ失ってしまった。

アパートに着くと鍵を開けて中に入った。台所に行くと、ダイニングテーブルで大和が勉強している。

二DKの一部屋は創専用にしているから、大和の部屋はない。台所で勉強して、夜は母親と一緒に隣の部屋で寝ている。

創が入ってきたのに気づいているが、大和は顔を向けることも声をかけてくることもない。どんな態度をされようと、大和に対しては暴力を振るわないようにしている。たったひとりの弟だ。

創は冷蔵庫からコーラのペットボトルを取ると部屋に向かった。ドアを開けようとしたときにポケットの中で振動があった。部屋に入り、ペットボトルを机に置いてからスマホを取り出した。メールが届いている。件名は『警告』。

メールを開くと『次はない』という文字の下にURLが記されている。そのリンクをタップすると、『石原中学校　裏掲示板』というタイトルの画面が出てきた。今どきラインではなく掲示板とは、あいつらもずいぶんと遅れている。画面をスクロールさせていくと多数の投稿者から書き込みがあった。自分への悪口であふれているのだろうと思っていたが、ほとんどが教師に対する文句や、学校に対する要望だ。

最後の書き込みに写真が添付されているのを見て、指を止めた。画面を拡大する。モザイクがかかっていたが新聞記事の切り抜きだとわかる。母親の事件だ。次はモザイクなしで掲示板にさらすということだろう。石原中の生徒だけでなく誰でも見られるように、掲示板にしたにちがいない。

ふざけやがって——。

その時玄関のチャイムが鳴り、創は我に返った。

無視していると大和が応対する声が聞こえてきた。どうやら下田のようだ。

創の部屋のドアがノックされた。放っていたがしつこくノックされ、しかたなくドアを開ける。

廊下に立っていた大和は何も言わないまま玄関に顔を向け、すぐに台所に入っていった。

「何っすか」

創が廊下に出ると、玄関口に立っていた下田が持っていた紙束をこちらに差し出した。

今週分のノートだろう。創が学校に行かなくなってから、下田は週に一回家にやってきて一週間分の授業ノートのコピーを渡していく。

最初の数ヵ月こそ学校に行かない理由を訊いてきたが、それからは何を言っても答えないと諦めたようでノートを渡すとすぐ帰っていく。

「先週のぶんでわからなかったところはあったかい」下田が訊いた。

「見てないからわからない」

「そうか……今回は資料も持ってきた。お母さんと目を通したらどうかな」

「資料？」

創が訝《いぶか》しげに訊くと、下田が頷いた。

「今のまま卒業しても受け入れてくれる学校の案内だ」

卒業まで不登校だと疑ってもいないようだ。

「あいにくおれには関係ねえから」創はそう言うと自分の部屋に戻った。

しばらくすると玄関ドアが閉じられる音が聞こえた。

10

呼出音が聞こえ、若木静香《しずか》は包丁を握っていた手を止めた。

棚の上に置いた電話機から何枚かの紙が出てくる。ＦＡＸが来るのは珍しい。

何かの問題集のコピーだ。ところどころ手書きの文字で『要チェック』などと書いてある。息子の陸に送られてきたもののようだ。

最初の紙を手に取ると、塾と先生の名前が記されている。その下に書かれた文字を見て、静香は首をひねった。

『陸くん、体調はどうですか？　明日は試験だからちょっと心配だけど、とりあえず今日の授業でやったところを送ります。試験前にチェックしておくように』

塾を休んだということだろうか。静香は受話器を取り、塾に電話をかけた。

「はい、村上《むらかみ》塾です」男性の声が聞こえた。

「夜分に申し訳ありません。若木と申しますが……」

「ああ、陸くんのお母さん。村上です」

「いつもお世話になっております。ＦＡＸをいただきありがとうございました」

「陸くんの体調はどうですか？」

「陸は、塾を休んだんですか」

「ええ、夕方陸くんから連絡があって、お腹が痛いので今日は休みたいと。陸くんは家に帰ってないんですか？」

「いえいえ……」変なふうに思われてはいけないと、思わず否定した。「わたしも家に帰ってきたばかりだったので、ＦＡＸを見てびっくりしてしまって思わず……そういえば玄関に靴がありました」

「大事な時期ですから、からだに気をつけるよう伝えてください」

「ありがとうございます。今後ともよろしくお願いします」

電話を切ると、時計に目を向けた。もうすぐ九時になろうとしている。塾をサボって何をしているのだろうか。

ここ数ヵ月、陸の様子が気になっている。家に帰ってきても勉強すると言ってすぐに部屋にこもってしまい、夕食も家族と一緒にとらない。受験勉強のためならしかたがないと容認していたが、その割に成績は上がらず、むしろ下がっている。それに反比例するように携帯の料金は上がっているから、部屋の中で勉強もせずにゲームやネットをやっているのだろう。

やはり中学生のうちから携帯など持たせるべきではなかった。それまでは携帯をねだられても断固拒否していたが、昨年の暮れごろに受験勉強でどうしても必要になるから持たせてくれと激しくせがまれた。生徒たちがそれぞれ調べた学校別の受験対策などを書き込んでいるサイトを見るためだそうだ。

家にはノートパソコンが一台あるが、仕事で使うからと夫がよく持ち出している。携帯を持っていないと他の生徒に後れを取ってしまうと陸に詰め寄られ、つい買い与えてしまった。

料理を再開しながら考えていると、玄関の鍵が開く音がした。

玄関に向かうと、靴を脱いでいる陸が静香に気づいて顔を上げた。

「どうしたの、その頭？」静香は呆気《あっけ》にとられながら言った。前髪を長く垂《た》らしている。左右の長さもぜんぜん違う。

「ああ、なかなかいいっしょ。試験前にさっぱりしとこうと思って学校帰りに床屋に寄った」陸がそう言いながら玄関に上がった。

「そんな髪型で学校に行ったらまたバリカンで丸刈りにされるよ」

昨年の二学期に髪が長いと言われて教師の武藤に切られ、べそをかいて帰ってきたことがあった。陸は髪を切った武藤への恨み言を口にしていたが、静香はさっぱりした息子の頭を見ながら満足していた。

「今は大丈夫だよ」陸が言った。

「どうして」

「生徒の個性を尊重する時代だって気づいたんじゃない？　昔は不良がやるもんだって思われてたヒップホップダンスが必修になるぐらいだぜ。教師が生徒の髪型にまで口出しするなんて時代遅れもいいところだよ。夕飯は部屋で勉強しながら食べるから、よろしく」陸が二階に上がろうと階段に向かった。

「ちょっと待ちなさい。陸、今日塾サボったでしょう。今までどこにいたの」静香が言うと、陸が笑いながら頭をかいた。

言い訳の前にする陸の癖だ。

「サボってないよ。髪切って塾に行こうと思ったんだけど、急に腹が痛くなっちゃったんだ。それでずっとトイレにこもってた」

「本当なの？」

「ほんとほんと。明日試験だから勉強しなきゃ」陸がこちらに背を向けて階段を上っていった。

物音が聞こえ、静香は目を開けた。続いて階段を下りていく足音が聞こえる。陸が一階に下りていったようだ。

静香は布団から出ると、隣で寝ている夫を起こさないよう電気をつけないまま部屋のドアを開けた。足音を立てないよう階段を下りて一階に向かう。半開きになった脱衣所のドアから明かりが漏れている。風呂に入っているようだ。それを確認すると足音を忍ばせながら二階に戻り、陸の部屋に入った。

本当はこんなことはしたくない。だが最近の陸の様子に不安があった。よからぬ人たちと付き合っているのではないだろうか。

一応勉強していたようで教科書やノートや筆記用具が机に散乱している。その中にあった携帯を手に取り、四桁のパスコードを入力した。

本人は誰にも知られていないと思っているようだが、見当はついていた。

好きな女性アイドルの誕生日だ。陸名義の銀行口座の暗証番号も同じ番号にしている。

思っていた通りロックが外れ、さっそくメールを確認した。変な交友を窺わせる文面はなかった。続いてラインを開いた。家族で使っているもの以外のグループがいくつかある。ナツミという名前が気になり、やり取りを見てみた。

どうやら今日はこの子とふたりで映画を観に行ったようだ。

塾をサボって映画を観に行くとは呆れたが、自分も陸と同じ年頃のころはそういうこともあった。少し微笑ましくなりながらふたりのやり取りをスクロールさせていくと、ある文面が目に留まり指を止めた。

『陸くんの髪型かっこよかったよ』

ナツミのメッセージに対して陸が『ありがとう。ガーディアンのおかげだな』と返している。

ガーディアン——。

その言葉が気になりながら、さらにスクロールさせた。

『でも、ちょっと怖いな。今日の一年みたいに、わたしたちもいつ標的にされるかわからないもん』

『ルールさえ守ってれば大丈夫だよ』

標的――ルール――って。ガーディアンとは何だろう。

11

秋葉が教室に入っても、生徒たちの喧騒はやまない。一日目の試験が終わり、近くの生徒と答え合わせをしたり、愚痴をこぼし合ったりしている。

「テストはどうだった？」教卓の前に立ち、全体を見回しながら問いかけると、ようやく静かになった。

自信に満ちた顔をしている生徒もいれば、今にも天を仰ぎそうな生徒もいる。

「明日は社会と理科と保健体育だな。大切な試験だけど、徹夜して体調を崩さないように」

帰りの挨拶をすると、秋葉は教室を出た。ぞろぞろと出てくる生徒とともに階段に向かう。

職員室に入ると、秋葉の席の近くに立っている蓮見が見えた。席についた佐久間に頭を下げている。

先輩教師から叱られているのか蓮見は浮かない表情だ。

近寄りがたい雰囲気だ。

秋葉は一年の担任の席に向かい、森の横で立ち止まった。

「森先生、ちょっとよろしいでしょうか」秋葉が声をかけると、テストの採点をしていた森が顔を上げた。五十代のベテランの女性教師だ。

「先生のクラスの大山についてちょっとお訊きしたいんですけど」秋葉が言うと、森が眼鏡を外して「何でしょうか」とこちらを見つめた。

「大山はご両親と馴染めているでしょうか」

森が小首をかしげた。

「大山のお母さんは実の母親ではないんですよね。今のご両親の間にもお子さんがいて、肩身の狭い思いをしているということはないでしょうか」

「特にそういう様子はありませんね。家庭訪問でお母さんに会いましたけど、優しそうなかたでしたよ」

「そうですか……」

森は頷くと、眼鏡をかけてふたたび採点を始めた。

「昨日、大山は髪を切ってましたよね」秋葉が言うと、森はこちらに顔を向けないまま「そういえばそうですね」と相槌を打った。

「毛先がちょっと、どう見てもプロがやったように思えなくて。もしかしたら今のお母さんに髪を切りたいと言い出せなかったり、カットするお金をもらえなくて自分で髪を切ったんじゃないかと思ったものですから」

「ネグレクトされてるんじゃないかと?」森がこちらに向き直り、驚いたように言った。

「いや、そこまでは……」

「お母さんに切ってもらったんじゃないですか?　連絡帳を読んでいるかぎり、変わった様子はないので大丈夫ですよ」

生徒が悩みを素直に連絡帳に記せるなら、何の苦労もない。

森がテスト用紙に向き直ったので、秋葉はその場から離れた。

蓮見がこちらに近づいてくる。珍しく黒のスーツを着ていた。

「日下部は来ましたか?」

秋葉が問いかけると、蓮見が立ち止まり「いえ」と首を横に振った。

「昨日お電話したら、病院で検査して異常はなかったとのことだったんですけど」

「今日の様子は?」

「朝起きたらまたお腹が痛いと言いだしたらしく、大事を取って休ませるとお母さんから連絡がありました」

「試験中なのに心配ですね。家に行ってみますか?」

「まだそこまでしなくてもいいんじゃないでしょうか。それに、今日は外せない用事があって」

蓮見の表情がさらに陰ったように感じた。

「もしかして、どなたかご不幸があったんですか」

「いえ、生徒の三回忌に伺うんです」

秋葉は首をひねった。

「そういえば秋葉先生はご存じないですよね。二年前に三宅彩華《みやけあやか》さんという一年の生徒が小児がんで亡くなられて……わたしが担任で、下田先生がそのときの学年主任だったんです」

「そうでしたか……試験中なのに大変ですね」秋葉が言うと、蓮見が小さく微笑み自分の席に座った。

12

もう少し小遣いを残しておけばよかった。

大雅は花屋を出ると、手に持った小さなフラワーアレンジメントに目をやりながら後悔した。

別に今日という日を忘れていたわけではない。ただ、先月で自分たち三年生が引退するということもあり、後輩たちを労うためにマックに誘った。後輩は大雅が誘うと喜んでついてきてくれるので、つい大盤振る舞いしてしまった。

クラスメートも、サッカー部の同期も、前の学年で仲がよかった生徒も、ある時期から大雅に対して妙によそよそしくなり、見えない壁を感じさせる。

家に向かって歩いていると、少し先に石原中の男子が見えた。相手の歩く速度が遅いので、自然と近づいていく。小野悠《おのゆう》だった。

「よお――」

後ろから声をかけると、小野がこちらを向いた。スマホを見ながら歩いていたようだ。

「ああ……」と困惑したようにこちらを見る小野に、大雅も言葉に詰まった。声をかけるのはひさしぶりだ。いつもなら話しかけずに通り過ぎるが、今日は特別だった。

「これから三宅の家に行くんだ」

小野は「そうなんだ」と不思議そうに返してきた。

「今日は命日だから」

さらに言うと、小野が納得したように大雅が持ったフラワーアレンジメントを見た。

「一緒に行かないか」

「ごめん。行きたいんだけどこれから予備校があるんだ」小野が残念そうに答えた。

「そっか。何時に終わる？　遅くなってもおばさんは歓迎してくれると思うけど」

大雅が食い下がると、小野がわずかに視線をそらした。

「けっこう遅くなっちゃうから。それに寄り道してると親に叱られるし」バツが悪そうに小野が片手で眼鏡をいじりながら答えた。

「そうか……わかった」

言いたいことはあったが、大雅は小野に背を向けて歩きだした。

「おばさんたちによろしく伝えておいて」

後ろから声が聞こえたが、大雅は振り向かなかった。

冷たいやつだ。三宅は小野にとっての恩人であるはずなのに。

小野と知り合ったのは小学校五年生のときだ。小野は静岡から転校してきて自分のクラスに入った。父親は裁判官で異動が多く、それまでにも二回小学校を転校したらしい。そのせいかどうかはわからないが、小野は自分からまわりに溶け込もうとせず、なかなかみんなと打ち解けられずにいた。一週間経っても二週間経っても、小野はひとりだった。

そんな小野に声をかけていたのが三宅彩華だった。そして同じクラスで三宅と幼なじみだった大雅に、他の男子生徒も小野と話してほしいと言ってきた。

小野はみんなと仲良くなったが、その中でも一番親しかったのは大雅と三宅だった。休みの日には三人でそれぞれの家をよく行き来した。六年生は違うクラスになり以前のようには一緒に過ごさなくなったが、中学校に入るとふたたび三人とも同じクラスになった。

小野は同じクラスになったことをとても喜んでいたが、三宅はそれから一ヵ月ほど経った五月頃から学校を休みがちになっていった。幼い頃から三宅家と家族ぐるみの付き合いをしていた大雅は心配になり、家を訪ねておばさんに欠席の理由を訊いたが、曖昧に濁されるだけだった。やがて一ヵ月以上続けて学校を休むようになり、さすがに不安になった大雅はおばさんを問い詰めた。おばさんの話によると三宅は重い病気に罹《かか》って入院しているとのことだった。おばさんに頼んで、大雅は三宅と親しかった友達を誘って見舞いに行った。ベッドに横たわった三宅は思っていたよりも元気そうで、大雅たちに笑顔で話しかけてきた。だが、眉毛がなくなった顔つきは弱々しく見えて、ベッドにいるにもかかわらずニット帽をかぶっていた。

笑顔でいるよう努めたが、病室にいる間ずっと胸が詰まりそうだった。

三宅の姿を見て、子供の自分でも深刻な病気だとわかった。

「みんな待ってるから早く元気になって学校に来いよ」

大雅たちがそう声をかけると、三宅は「がんばる」と笑顔で頷いた。

う。

それからしばらくして容態が安定してきたのか、三宅は登校してくるようになった。学校に来るといっても、一日に二時間ほど授業に出て帰っていくことがほとんどだったが、三宅は学校で友人たちと楽しく過ごす時間を生きる糧にしていたのだろう。

三宅は十月に行う合唱コンクールに参加することを心待ちにしていたようで、音楽の授業だけは体調がよくなさそうなときでも出席していた。

六月に運動会があったが、三宅は参加できなかった。翌年の一月にはスキー教室があり、六月にはまた運動会、さらにもっと先には修学旅行があるが、三宅は自分がそこまで生きられないかもしれないと察していたのではないかと、今となっては思う。もっとも身近に控えた行事をクラスメートたちと一緒に楽しむことを励みに、三宅は病と闘っていたのだろう。

だが、三宅はけっきょく合唱コンクールに参加しなかった。

ある休み時間に、八巻というクラスメートがいきなり三宅の帽子を取り、脱毛した頭をからかったのだ。大雅は八巻と喧嘩《けんか》になりながら帽子を奪い取り、三宅に返した。

爆笑していたのは八巻だけだったが、他のクラスメートの何人かも三宅の脱毛した頭を見てくすくすと笑っていた。

三宅は翌日から学校に来なくなった。

大雅たちクラスメートは代わる代わる三宅の家に行き「学校に来いよ」と言ったが、彼女は頑《かたく》なに拒絶した。やがて三宅はふたたび入院することになり、大雅はみんなで千羽鶴を作ろうとホームルームで提案した。ほとんどの生徒たちからの賛同を得て、家で作れるよう折り紙を配った。大雅は家に帰ると宿題よりも食事よりも先に折鶴作りに没頭した。五日ほどかけて九百ちょっとの折鶴が集まった。あと一日がんばれば千羽鶴ができると思い学校を後にしたが、翌日登校すると教室に置いていた折鶴がすべてなくなっていた。

誰かが持っていったにちがいないが、そんなことをするのは八巻以外に考えられない。

大雅は「折鶴をどこにやった」と詰め寄ったが、八巻は笑いながら「さあね。おれがやったっていう証拠でもあるのか」としらを切った。

相手をしている時間も惜しいと、大雅はクラスメートたちとふたたび一から折鶴作りを始めた。だがほとんどの生徒の士気は落ちていて、以前ほどには進まなかった。そしてようやく半分ほどできたときに、三宅の訃報が届いた。

葬儀のとき、ほとんどのクラスメートは涙を流していた。特に小野は激しくむせび泣き、祭壇の前からなかなか離れようとしなかった。

それなのに――。

さっきの小野の対応を見たら天国の三宅はどう思うだろうか。おそらく大雅とは違い、小野を責めるようなことはないだろう。むしろ、「もっと仲良くしなさいよ!」と大雅のお尻をひっぱたこうとするかもしれない。自宅が斜向《はすむ》かいで保育園の頃からずっと一緒に過ごしてきた大雅には、今でも三宅の声が聞こえる気がする。

三宅の家の前に着き、大雅はインターホンのボタンを押した。

「はーい」インターホン越しにおばさんの声が聞こえた。

「松山です」

「鍵は開いてるから入って。ちょっと手が離せなくて」

大雅は外門をくぐるとドアを開けて玄関に入った。靴を脱いで廊下を進んでいく。居間に入るとおばさんが慌ただしそうに準備をしていた。

三宅の遺影が置かれている仏壇の前に座卓がふたつ並べられ、その上には大きなすし桶が三つと、唐揚げや餃子やサラダなどを盛りつけた大皿が置かれていた。

おばさんがこちらに目を向けた。「あら」と言って大雅の持ったフラワーアレンジメントに視線を移す。

「こんなちっちゃいのでごめんなさい。今月はちょっと金欠になっちゃって」大雅は冗談めかして言った。

「そんな、気を遣わなくていいのに。黄色は好きな色だったから彩華が喜ぶわ」

おばさんはそう言って、大雅をまじまじと見つめた。

「かなり背が伸びたんじゃない？」

「そうかな」

おばさんやおじさんを見かけ軽く挨拶することは時々あるが、ゆっくりと話すのは昨年の一周忌以来だ。

三宅が亡くなってしばらくはこの家によく来ていた。部活が終わってから自宅に帰る前に寄って、仏壇の前で三宅の遺影を見つめながら何をするでもなく過ごした。おじさんもおばさんも快く招き入れ、食事などもごちそうしてくれたが、母親に一人娘を亡くしたおばさんたちにしたら、大雅の成長を見て辛くなってしまうかもしれないと言われ、訪ねるのをやめた。

「元気そうで安心した」

「おれはいつも元気ですよ。それしか取柄がないから」大雅はそう言って頭をかいた。

「そう？　お母さんがずっと心配してたわ。彩華が亡くなってからずっと元気がないって。わたしもそう思った」

「部活がきつかったんじゃないかな」

大雅は仏壇の前に座り、遺影の前にフラワーアレンジメントを置いた。

「彩華もきっと喜んでるわ」

おばさんの声を聞きながら、大雅は目を閉じて手を合わせた。

一年前と同じことを、ふたたび心の中で唱えた。

もしかして、おまえの魂がガーディアンを生んだのか？　おれのことを助けるために。

13

西尾奈々子《ななこ》が便座から立ち上がったときに、個室の外の会話が聞こえた。

「これっぽっち？」

しばらくすると若い女の子の声が聞こえた。

「これ以上はもう無理」

先ほどと違う子が切羽詰《せっぱつ》まったように言った。

「信じらんない。葵の将来はそんなに安いの？」

「真理、こんなことはもうやめて」

「裏切ったのは葵でしょ。わたしに問題を押しつけて、あんたは逃げちゃった」

「脅されてるって本当なの？」

「……わたしのこと疑ってるんだ。これ以上ヤバくならないように頑張ってるのに。じゃあ、もういいよ。あの写真で相手に交渉してみる」

「ごめん。そういうつもりじゃなくて……」

ふたりのやり取りを聞きながら、奈々子は溜め息を漏らした。どうにも出づらい雰囲気だ。

「しかたがないからこれを頭金にして、もう少し待ってくれって頼んでみる。いつだったら残りを用意できる？」

「無理だよ……」

「無理でもやんなきゃしょうがないよ。ネット見たらいくらでも稼げる方法があるから」

いったいどんなふたりなのか。トイレの水を流し、少し間《ま》を置いてから個室の扉を開けると、制服姿のふたりがこちらを向いた。

「じゃあ、用意できたら連絡して」

女の子のひとりが慌てたように言って、トイレから出ていった。

奈々子は洗面台に向かいながら残された子を窺った。石原中の制服だ。

女の子と目が合い、驚いた。名前は忘れてしまったが、以前テレビでよく見かけた子役だ。そういえば宗次郎が今年の一年生に芸能人がいると言っていたのを思い出した。

「石原中の生徒さんでしょう。大丈夫？」

奈々子が声をかけると、女の子はうつむいてトイレから出ていった。

先ほどの会話を聞くかぎり、あの子は恐喝されているようだ。

どうしたものかと悩みながら手を洗い、トイレから出て食品売り場に向かった。フロアを歩いていると、若木陸の母親を見かけた。精肉売り場でパックを手に取っている。宗次郎と陸は一、二年生のときに同じクラスで、母親とも学校の催しがあるたびに顔を合わせていた。

「こんにちは」

近づいていき声をかけると、若木がこちらに顔を向けた。

「あら、お夕飯の買い出しですか？」

「ええ。あと明日のお昼のぶんも。ひとりだと有り合わせで済ませちゃうんですけど、明日も給食がないから」

「ほんと、大変ですよね」

「ところで、さっきここのトイレで変なところを見かけてしまって」

奈々子が言うと、若木が小首をかしげた。

「うちの学校に芸能人がいるのをご存知ですか。子役の……」

「ああ、大山葵ちゃんね。でも、陸の話だと芸能活動はやめたらしいですよ。あの子が何か？」

「他校の生徒から恐喝されてるみたいなんですよ。わたしがトイレの個室に入ってるときにそんな話が聞こえてきて……わたしが出たらさっといなくなっちゃったんですけどね」

「そうなんですか。恐喝していたのはどんな生徒さんなんですか」

「きつめの化粧をして、ちょっと不良ぽかったです」

「いやですねえ。それより西尾さん……宗次郎くんからガーディアンという言葉を聞いたことはありません？」

「いえ。何ですか、それ」新しいゲームか何かだろうか。

「わたしもよくわからないんですけど……陸の携帯を見たら、ちょっと物騒なことが書いてあって。そのガーディアンから標的にされるかもしれない、みたいなことを」

「標的」その言葉にぎょっとした。

「不良のサークルの名前、とかかしら……」

「そんなオーバーなものじゃないかもしれないけど、学校の裏掲示板みたいなところで、いじめがあるんじゃないかと思って」

「宗次郎からは聞いたことありません。陸くんは何て？」

「勝手に携帯を見てますから訊くに訊けなくて」

「そうですよね。でも気になりますね。もう一度さっきの名前、いいですか？」

「ガーディアン、です」

「それとなく宗次郎にも訊いてみます」奈々子はそう言うと若木と別れて野菜売り場に向かった。


インターホンを鳴らしてしばらく待ったが応答がない。

奈々子はしかたなく買い物袋を下に置き、鍵を取り出してドアを開けた。玄関に宗次郎の靴がある。

面倒くさがって出なかったか、ヘッドホンをつけて音楽を聴くかゲームをやっているのだろう。まったく期末試験中だというのに。

奈々子は靴を脱いで玄関に上がると、宗次郎の部屋の前を素通りしてキッチンに向かった。買い物袋をカウンターに置き、中の食品を冷蔵庫に入れていく。

あらためてトイレでの光景を思い返した。やはり学校に報告するべきだろうか。だけど、学校にそのことを報せて、万が一にも逆恨みされたら困る。最初に出ていった女の子はアイラインを強く引き、ずいぶんきつい感じがした。中学生でそんな化粧をしていることは不良グループの生徒ではないか。夫が帰ってきたら相談してみようかと思い、すぐにその考えを打ち消した。家や子供のことはすべて奈々子任せだ。的確なアドバイスをもらえるとは思えない。

買い物してきたものを一通り片づけると、宗次郎の部屋に向かった。

ドアをノックするが応答がない。しかたがないのでドアを少し開けた。ヘッドホンをした宗次郎が机に向かいパソコンを見ている。呼びかけると宗次郎がこちらに顔を向け、すぐにノートパソコンをぱたんと閉じた。

その様子を見て溜め息が漏れた。

三年生にとって最も大事な試験中だというのに、ゲームにうつつを抜かしていたのだろう。

「何だよ。勝手に入ってこないでよ！」宗次郎がヘッドホンを耳から外して抗議した。

「勝手にじゃない。何度もノックしたわよ。ご飯何時頃にする？」

「兄貴と同じ時間でいいよ」

「バイトで遅くなるって言ってたよ」

「いい」

その場に留まっていると、「まだ何か用？」と言わんばかりの顔で宗次郎が見つめてくる。

「学校に投書箱があるんだったよね」

「ああ」宗次郎が面倒臭そうに言った。

「ひとつ投書してくれないかな」

「何を」

「一年生に大山葵さんっていう生徒がいるでしょう。子役の。さっき『ロッコス』のトイレで他校の生徒に恐喝されてたみたいなの」

そう言うと、「本当？」と宗次郎が驚いたように目を見開いた。

「放っておくわけにもいかないし、かといってわたしが直接学校に何か言うのもなあって感じじゃない」

「詳しく聞かせて」

奈々子はそのときのふたりのやり取りを宗次郎に話した。

「わかった。投書しておくよ」宗次郎がそう言って机に向き直った。

「あと、ガーディアンって聞いたことある？」

宗次郎がゆっくりこちらを振り返った。口を半開きにしている。

「何、それ」

「陸くんのお母さんが言ってたんだけど、そういう名前の学校の裏掲示板とかあるのかな」

「聞いたことないけど」

「そう……なんかいじめみたいなこともあるみたいだから、そういうサイトに関わっちゃだめだからね」

宗次郎が頷いたのを見て、奈々子はドアを閉めた。

14

「お忙しいところありがとうございます。どうぞ、お上がりください」

「お邪魔させていただきます」と蓮見玲子はお辞儀をしながら言った。

隣に立っていた下田が玄関に上がった。蓮見も彩華の母親と下田の後に続く。居間に入ると、座卓の前でテレビを観ていた松山がこちらに顔を向けた。

「来てたんだね」

下田が声をかけると、松山は声を出さずに頷いた。手に持っていた寿司を口に入れて立ち上がる。

「おばさん、おれ、そろそろ行くね」松山が鞄を手にして言った。

「まだいいじゃない。料理もたくさん残っているし」

「試験中だから。ごちそうさまでした」松山は彩華の母親に笑顔で礼を言うと、居間から出ていった。

自分と下田には何も言わなかった。幼なじみを救えなかった教師として反感を持たれているようだ。

「来ていたのは松山だけですか？」

下田が座卓に置かれたすし桶や料理皿に目を向けて言うと、彩華の母親が寂しそうに「ええ」と頷いた。

かつての一年B組の生徒全員に声をかけたが、素っ気なく断られた。松山は行くとも行かないとも言わなかった。教師と一緒には行きたくないという意思表示だったのだろう。

「きっとみんな伺いたかったんでしょうが、期末試験の最中だったので……」下田が言った。

「そうですね。先生がたもお忙しい時期ですのにありがとうございます」

「お焼香をさせていただいてもよろしいでしょうか」

下田が訊くと、「お願いいたします」と彩華の母親が頷いた。

蓮見たちは仏壇に向かった。まず下田が焼香した。下田が立ち上がると、蓮見は仏壇の前に正座した。

まだあどけない顔の彩華の遺影を見つめる。わずか半年ほど接しただけの教え子だ。だが、今まで受け持ってきたどの生徒よりも記憶に刻み込まれている。

蓮見は線香に火をつけて灰に立てると、目を閉じて両手を合わせた。

ごめんなさい――。

一周忌には言えなかった思いを心の中で何度も繰り返した。

昨年ここで焼香した後、彩華の母親は棚から何かを取ってきて蓮見たちの前に置いた。彩華がつけていた日記だという。葬儀が終わってしばらくして見つけたそうだ。

「読んでいただけますか」と彩華の母親に言われ、蓮見たちはページをめくっていった。

そこには闘病生活の苦しみや、自分がもうすぐ死ぬことへの不安が綴られていて、蓮見は胸を痛めた。だが、最も胸をえぐられたのは、合唱コンクールの直前に起きた出来事だ。合唱コンクールの三日前、彩華は同じクラスの八巻から帽子を取られ、脱毛した頭をからかわれたという。帽子を奪い返そうとする松山と八巻が喧嘩になったが、他の生徒は遠巻きに見ているだけで、その中の数人は自分の頭を見て笑っていたと書かれていた。

彩華のショックはそうとうなものだったのだろう。それまでの日記は、自分の未来に不安を抱きながら、それでも友人たちと過ごす時間を大切にしたいという思いであふれていた。だが、その出来事を境にして日記には悲観的な言葉が増えていった。『もう誰にも会いたくない』『このままお父さんとお母さんだけに見守られて旅立ちたい』などの言葉を見て、胸がえぐられた。その痛みは今も消えない。

最後の日記は亡くなる五日前に記されたものだ。弱々しい文字で『学校って何のためにあるんだろう？　先生って何のためにいるんだろう？』と書かれていた。

彩華が学校に来なくなってから亡くなるまでの間に、蓮見は何度か見舞いに行った。話しかけても元気がなかったので、容態が芳しくないのだろうと思い早めに辞去していた。だがそのとき彩華は、担任の蓮見に話したかったのかもしれない。そんなからかいがなければ、本当は学校に行きたいのだと。

だが、蓮見はそんなことがあったのも知らず、無念のまま彩華を死なせてしまったのだ。

日記を見せても、彩華の母親は蓮見たちを責めなかった。

「お見せするべきかどうか迷いましたが、ただこういうことがあったのを知ってほしかったんです」とだけ言った。

彩華の日記を見てから、教師としての自信は消失した。

それまで何を根拠に、自分が教師に向いていると思っていたのか。自分はこのまま教師を続けていていいのだろうか。あれから一年間ずっと考えているが、まだ答えは見つからない。

蓮見は目を開けた。心の中でもう一度彩華に謝り、立ち上がった。振り返ると、座卓にふたりぶんのお茶が用意されている。

「何のおかまいもできませんが、どうぞお座りください」

彩華の母親に促され、蓮見は下田に目を向けた。

「ありがとうございます。しかし遅くまでお邪魔するとご迷惑でしょうから、わたしたちはここで」

蓮見と同様に、下田も早く辞去したいのだろう。しかし、このまま帰るのはあまりにも素っ気なさすぎる。

「そんなことをおっしゃらず、最後に少しお話をさせてください」

「最後、といいますと」下田が訊き返した。

「ここにお越しいただくのは今日で最後にしましょう。もういない生徒よりも今の生徒たちを優先してください」

下田と並んで座ると、母親が深々と頭を下げた。

「一年前はあんなものをお見せしてしまってすみませんでした。先生がたを責めるつもりはなかったのですが、彩華のことを思うとどうにも……」

「わたしたちが至らなかったのは事実です。こちらがいくら反省したとしてもお母さまのお気持ちは収まらないと思います」

下田が言うと、母親が首を横に振った。

「二ヵ月ほど前に蓮見先生にはお話ししましたけど……人は変われるんだと思います」

母親がそう言うと、下田がこちらに目を向けた。

彩華の誕生日にひとりでここを訪れ、彼女の冥福を祈った。

「先生がたが頑張られたおかげで今の生徒たちは健全な学校生活を送れているようですね。いじめなんかもなくなって、問題のある生徒もいなくなったと聞いております」

「松山くんがそう言ったんですか？」下田が母親に視線を戻して訊いた。

「いえ、他の生徒のお母さんからそういった話を聞きました。二年前とは学校の様子がかなり変わったようだと」

あの頃と比べて生徒間の問題は減った。

「彩華も天国できっと喜んでいるでしょう」母親がそう言って微笑みかけてきた。

15

「おはよう」

秋葉が靴箱の前にいる男子生徒に声をかけると、「おはようございます」と低い声が返ってきた。

「ずいぶん元気がないな。徹夜だったのか？」

担任でもなく学科の授業も持っていない一年生の生徒だったが、そう訊くとあくびを嚙み殺しながら頷いた。これから教室で最後の復習をするつもりなのだろうか。

秋葉は男子生徒の肩を叩いて送り出し、靴を履き替え職員室に向かった。部屋に入り、コートをロッカーに入れていると電話が鳴った。

事務員の机の受話器を取り上げ、「おはようございます。石原中学校です」と出る。

「もしもし、一年A組の日下部幸樹の母親ですが、蓮見先生はいらっしゃいますか？」女性の声が聞こえた。蓮見は校門指導の最中だ。

「蓮見先生は今ちょっと不在にしておりますが、わたしが代わりにお聞きします。演劇部の顧問をしている秋葉です。日下部くんの具合はどうですか？」

「ああ、秋葉先生ですか。いつもお世話になっております。お腹が痛いと幸樹が言ってまして、今日も欠席させていただきたいんですが」

「それは心配ですね。病院には？」

「一昨日も昨日も診てもらったんですが、特に異常はないということで……昨日は昼頃に調子がよくなって、夕飯もしっかり食べていたんですけどね。二日も試験を休んで幸樹は大丈夫でしょうか？　留年なんていうことには……」

「いえいえ、それは大丈夫です。また元気になったら追試をしますので」

「そうですか。それでは蓮見先生にもよろしくお伝えください。失礼します」

「どうぞお大事に」

秋葉は受話器を置くと自分の席に向かった。椅子に座り鞄から教材を取り出したときにまた電話が鳴った。電話機は事務員と教頭の机にある。教頭も事務員の松下《まつした》も席にはいない。

だが、電話機に近い教師たちは雑談したまま立ち上がろうとしない。この学校の教師たちは朝にかかってくる電話を取りたがらない。

秋葉はしかたなく立ち上がり、電話機に駆け寄った。

「おはようございます。石原中学校です」

「お忙しいところ申し訳ありません。キンシショの者ですが、校長先生はいらっしゃいますか」

男性の声が聞こえた。

「キンシショ？」

秋葉が言うと、ざわめきがさっと消えた。

「キンショと申しますと……」秋葉は意味がわからず訊いた。

「失礼しました。錦糸警察署です。そちらの生徒さんのことでお話しさせていただきたいのですが」

ぎょっとしてまわりに目を向けると、職員室にいた教師たちがこちらに注目している。

「ああ……こちらこそ失礼しました。すぐに校長につなぎます」

秋葉は電話を保留にして校長室の内線番号を押した。

「秋葉です。錦糸警察署のかたからお電話が入っています」

息を呑む音が聞こえた。

「わかりました」

秋葉が受話器を下ろすと、教師たちが集まってきた。

「錦糸警察署と聞こえましたけど、何があったんですか」教頭が訊いてきた。

「わかりません。うちの生徒のことでお話があると……」

「そうですか」

教頭だけでなく皆一様に表情をひきつらせている。普段は泰然《たいぜん》としている武藤も強い眼差しを電話機に向け、眉根を寄せている。

いったい何があったのかと秋葉も不安になった。重苦しい沈黙が続いたが、引き戸が開く音がして教師たちが一斉にそちらに目を向けた。校長が入ってくる。

「教頭先生、加藤先生、相原先生、ちょっと来ていただけますか」

校長が告げると、教頭が駆け寄り「どうしたんですか？」と訊いた。

「二Bの岡部さゆりの父親が逮捕されたとのことです。他のかたには後ほど詳しく報告しますが、とりあえず内密にお願いします」

秋葉は驚いてあたりを見回した。教師たちがざわついているが、校長たちが職員室から出ていくと潮が引くように自席に戻っていった。

16

少し先に西尾の背中を見つけ、陸は駆け寄った。

後ろからタックルをかますと、西尾が驚いて振り向いた。

「おいおい、そんな辛気臭い顔して。おれもまったく勉強してねえよ。仲良く補習受けようぜ」

そう励ましながら西尾の肩に手を回すと、「それどころじゃねえぞ、陸」と払われた。

「え、何だよ」

いつもと違う様子に怯《ひる》んでいると、西尾に袖をつかまれた。登校中の生徒たちから離れていく。

「おまえの親、ガーディアンのこと知ってたぞ」

「嘘だろ？」

「昨日うちの親にロッコスで会って、ガーディアンのことを訊いてきたらしい」

「どうして」そのことを母親が知ってるんだ。

「おれにわかるわけねえだろ。おまえ、親に話してないのか？」

「当たり前だろ」陸はぶるぶると首を振った。話すわけがないし、スマホもロックをかけてある。

「もしかしたらおまえの親も違う親から聞いたのかもしれないな」

もしそうだとしても、誰から聞いたかなんて母親に訊けるわけがない。

「おまえの親にどんなことを言ってたんだ」陸は訊いた。

「まだ詳しいことは知らないみたいだ。そういう学校の裏掲示板があって、そこで生徒たちがいじめられてるんじゃないかって。他の親から聞いた話だったとしても、もしおまえの親が学校に伝えたりしたらおまえのせいになっちまう」

背筋が寒くなった。

「どうしよう……」

ガーディアンからの制裁はもちろん怖い。だけどそれ以上に不安なのは教師たちに存在を知られ、ガーディアンが解体されてしまうことだ。ふたたび不良たちが暴れるような学校に戻れば、石原中の平和を壊した張本人としてずっとこの学校の生徒たちから責められるだろう。

「親にガーディアンのことを学校に話すなとか言わないほうがいいぞ。余計に怪しまれるから」

「ああ……」

母親が学校に告げ口するだけの行動力がないことを願うしかない。

「しかたがない。おれがおまえの神になってやる」

そう言った西尾に目を向けた。

「うちの親が昨日ロッコスのトイレで、一年の大山葵が他校の生徒から恐喝されてるのを見たらしい。この情報をおまえにやる。ガーディアンに貢献しとけば、もしおまえの親から情報が漏れても大目に見てくれるかもしれないだろ」

「ありがとう」陸は思わずその場で西尾を抱きしめた。

これで助かるかもしれない。

「ちょ、ちょっとやめろよ」

西尾にからだを引き離され、陸はまわりに目を向けた。生徒たちが気味悪そうに見ながら通り過ぎていく。

17

「逮捕された義理の父親は岡部に性的虐待を加えていたそうです」

その言葉に、秋葉は息を呑んだ。

生徒の保護者の逮捕というだけで衝撃なのに、最悪の事態だ。

どういう状況かと今までやきもきしていたが、生徒を帰した放課後まで知らされなかったことに納得した。

まわりに目を向けると、この場にいる全員が表情を歪めている。特に二年の学年主任の加藤と担任の相原の表情は沈痛だった。

「相原先生、辛いでしょうが、具体的にどのようなことをされたか報告してください」

校長が苦々しい表情で言うと、相原が大きく息を吐いた。

「幸い……と言っていいかどうかわかりませんが、性交渉はなかったようです。ただ、岡部の服を脱がせて写真に撮ったり、からだに触ったりしていたと」

「どうして逮捕に至ったんですか。岡部が告発したのでしょうか」

教務主任の佐伯《さえき》が相原のほうに身を乗り出して訊いた。五十代後半の男性教師だ。

「警察に匿名で手紙と小型ボイスレコーダーが届いたそうです。手紙には岡部が義理の父親から性的虐待を受けていると書かれていて、レコーダーには証拠となるやりとりが録音されていました。録音された声がふたりのものであるとは判断できなかったらしいですが、男が『さゆり』と呼んでいることから、昨日父親と岡部さゆりから任意で事情聴取をして、岡部が被害を訴えたため父親の逮捕に至りました」

「岡部がたまらず父親との会話を録音して送ったんでしょうか」

佐伯が言うと、相原が首を横に振った。

「そのことに関して警察は話してくれませんでした」

「もっと早く誰かに相談できなかったんでしょうかね」佐伯がそう言って嘆息した。

「母親は病気がちで入退院を繰り返していて、生活は父親頼みだったみたいです。父親は自分と離婚したら母親の治療費も生活費も出なくなると言って、岡部を脅していたみたいです」相原が辛そうに口もとを歪めながら言った。

反吐《へど》が出るほど最低な男だ。

岡部が家庭でそんな目に遭っているとは、微塵も感じなかった。教室では友達と楽しそうにはしゃぎ、秋葉と挨拶を交わすときも笑顔に思えた。けれど誰にも話せない大きな苦しみを抱えていたのだ。

「父親の要求を拒絶したり、誰かに話したら、母親を困らせることになるだろうと思ったようです。父親は有名企業の会社員で、人当たりもよく、家族も仲が良いように思われていたので、まわりも気づかなかったとのことです」加藤が言った。

「岡部はこれから？」佐伯が訊いた。

「児童相談所でしばらく保護します。母親は今回の事件に気づけなかったことを非常に後悔している様子で、岡部を引き取ったらすぐに今の家を出て、名古屋の自分の実家に身を寄せるつもりだと話していました」加藤が答えた。

「報道が出れば生徒や保護者のかたたちにも動揺を与えてしまうでしょうから、みなさんよろしくお願いします。また加藤先生はＰＴＡに今回の件を報告してください。ただ、お伝えする内容は岡部さんのプライバシーに配慮して、慎重にお願いします」

校長の言葉に加藤が「わかりました」と答えると、まわりにいた教師がばらばらと立ち上がった。秋葉も立ち上がり会議室を出た。前を歩いていた倉持《くらもち》が斜め前の保健室に向かっていく。

「倉持先生――」秋葉が呼びかけると、ドアを開けようとしていた倉持がこちらを向いた。

「少しよろしいでしょうか」

「ええ。どうぞ」倉持がドアを開けて中に促した。

秋葉と同じく今年から石原中に赴任した養護教諭だ。秋葉より二つ年上の女性で、いつも白衣に隠れてしまっているが、センスのいい服を着こなしている。

「ひどい事件ですよね。保健室に来たことはなかったけど、養護教諭として責任を感じます」

保健室に入ると、倉持がわずかに顔を伏せながら言った。

「ぼくもまったく気づきませんでした」

重い溜め息を吐くと、倉持が顔を上げて用件を訊いてきた。

「火曜日に保健室に来た一Aの日下部のことについてちょっとお訊きしたくて」

「昨日は休んだそうですね」

「今日も休んでいます。朝になってお腹が痛いと言いだしたとのことで」

「蓮見先生から聞きましたけど、病院で診察してもらって異常はなかったんですよね」

「ええ。昨日は昼頃には調子がよくなって、夜もしっかり食べたそうです」

「もしかしたら心因性のものかもしれないですね」

学校か家庭で悩むことがあったのだろうか。

「ここで休んでいる間に何か言ったりしてなかったでしょうか」

「特に何も言ってなかったですね。ただ、お腹が痛いので早く家に帰りたいとだけ」

帰りたいと言ったなら、家庭内の問題ではないということか。

「そうですか……ありがとうございます」

秋葉は礼を言うとドアに向かった。取っ手に手をかけたときにふと思い立ち、振り返った。

「この学校に移られてみて、どうですか？」

秋葉が訊くと、どう答えてよいかわからないように倉持が小さく唸った。

「何て言ったらいいんでしょう。不思議な学校……というか、うまく言葉にできないんですけど」

自分と似た感覚を抱いているようだ。

「たとえばどのあたりが不思議ですか」秋葉は訊いた。

「保健室を利用する生徒が少ないんです」

それは学校にとっていいことなのではないだろうか。

「これまで三つの学校で養護教諭をしましたが、他の学校では一日に二、三人は保健室に来る生徒がいたんですよね。怪我以外にも、お腹が痛いとか、からだがだるいとか、頭が痛いとかと言って。中には毎日のように何かしらの理由をつけてやって来る生徒もいました」

「サボり、ということでしょうか」

「生徒たちにとってはサボりじゃないんだと思います。たとえば友達との間に何か嫌なことがあった。勉強についていけなくてやる気が起きない。そういうものって病名はつかないでしょう。だけど、そのまま無理していると、ふとしたきっかけでもっと深刻な問題になることもあります」

「たとえば不登校とか？」

倉持が頷いた。

「あと、うつ病に罹《かか》ったり、最悪の場合は自殺を図ったり。だから、適度にサボることも必要なんじゃないかと感じます。たいがいの生徒は保健室に来ても、話を聞いてやりながら一時間ほど休ませると落ち着いて教室に戻っていきます。張りつめた糸をちょっと緩めたいときに来るんでしょう」

「この学校にはそういう生徒は少ないんですか？」

「ええ。この一年ほどの間は」

秋葉は首をひねった。

「もちろん保健室の利用状況は学校によって違いますし、生徒たちに苦手に思われる養護教諭では、保健室に来たがらないでしょう。ただ、あまりにも保健室に来る生徒が少ないので過去五年間の保健室の利用状況を調べてみたら、昨年の一学期まではわたしがそれまで赴任していた学校と同じような状況でした。だけど昨年の二学期から保健室に来る生徒の数が減りました。極端に、というぐらい。わたしは四月に赴任してますから……」

「倉持先生が生徒たちから嫌われているわけではない、ということになりますね」

石原中に入ったのが同じ時期ということを抜きにしても、気さくで話しやすい女性だ。

「そう思いたいです。保健室を利用する生徒は極端に減りましたが、長期欠席する生徒の数は増えました。昨年の二学期から今年の三月までの七ヵ月間に五日以上続けて欠席した生徒が十八人います」

「どういうことでしょうね……」

秋葉が問いかけると、倉持が珍しく眉根を寄せながら首を横に振った。

その状況を不可解に思うのと同時に、自分も責任を感じているのかもしれない。

今年の四月から今までの長期欠席者は四人いる。

「わかりません。ただ、わたしが不思議な学校といった意味は……」

「理解できました。ありがとうございます」

「何かあったら遠慮なく言ってください。わたしにできることもあると思いますので」

「わかりました。何かありましたらぜひ相談させていただきます」

倉持に会釈して秋葉は保健室を出た。

長期欠席した二十二人の生徒たちはみな体調不良で休んだのか。それとも誰にも悩みを打ち明けられず休まざるを得なくなったのか。今のところ自分のクラスには長期欠席した生徒はいない。ただ、だからといって彼ら彼女らに悩みがないわけではないだろう。自分はそれに気づけているのだろうか。岡部がされていたことを知り、そうだと自信を持てなくなっている。

日下部はどうだろう。職員室に入るとまっすぐ蓮見の席に向かった。

「蓮見先生──」秋葉が呼びかけると、テストの採点をしていた蓮見がこちらに顔を向けた。

「今日の夜にでも日下部の家に行ってみませんか」

「そうですね。二日続けて休みとなるとさすがに気になります」

頷く蓮見の机の上にある答案用紙が目に入った。○×だけではなく、例題などを引用した丁寧な採点に感心した。名前を見ると大山葵だった。43点。

「大山は国語が苦手なんですね」秋葉は意外に思って言った。

大山は小説を読むのが好きだと聞いており、国語は得意なのだろうと思っていた。

「今回は驚くほどひどいです。前の中間試験では……87点でした」

蓮見が点数を記録したエクセルを開いて答えた。

「森先生、数学はどうでしたか」秋葉は向かいの席にいた森に訊いた。

「32点。もともと得意じゃなかったけど、それでも中間試験はたしか60点以上だった」

やはり何か悩みがあるのではないか。だが森に話したところで昨日のように軽くあしらわれるだけだろう。

「ありがとうございます。それでは後ほど」

秋葉は蓮見に声をかけてから自分の席に戻り、テスト用紙の束を取り出した。

「一年の生徒に何かあったんですか」

その声に、秋葉は顔を上げた。向かいの席から下田がこちらを見つめている。

「いや……A組の日下部が火曜日に早退してから学校に来てないんです」

「日下部って演劇部の？」右隣から辻の声が聞こえ、秋葉は「はい」と答えた。

「月曜日の夜中に見かけましたよ」辻が言った。

「どこでですか？」

「錦糸公園です。夜の十時半ぐらいだったかな、噴水の近くにひとりでいるのを見かけたので早く帰るよう注意したんです」

「そんな時間に何をしてたんですかね」

「さあ……」わからないと首を振り、辻がパソコンに視線を戻した。

18

時計の針が六時を過ぎると武藤は帰り支度を始めた。

「お先に」

武藤が立ち上がると、こちらに目を向けないまま同僚が「おつかれさまです」と頭を下げた。

職員室を出て玄関に向かう。辻がこちらに向かって歩いてくるのが見えた。

「おつかれさまです」

辻が頭を下げてきたので、武藤は軽く手をあげて応えた。

いつもより顔色がいい。試験中で部活が休みだから、少し余裕があるのだろう。

二年目の教師に自分の代わりは荷が重すぎる。全国大会の予選で敗退してしばらくは憔悴《しょうすい》しきっていた。保護者からは落胆の声が上がっているが、辻なりに頑張っていたのを武藤は知っている。

サッカー部の顧問を任されることになってからは、事あるごとに武藤のもとにやってきて、指導方法や試合の戦術について教えを乞うてきた。武藤もできるかぎりの助言をして、辻も熱心にメモをとりながら聞き入っていたが、結果を出すまでには至らなかったようだ。辻にとっては不憫《ふびん》な話だが、しかたがないと思うしかない。

靴を履き替えて校舎から出た。物音が聞こえて校庭に目を向ける。生徒のひとりがボールを蹴っているようだが、暗くて誰だかわからない。

声をかけても迷惑がられるだけだとわかっていたが、武藤は近づいた。

松山大雅だった。

武藤の存在に気づかないようで、松山は少し後ろに下がり、助走をつけて薄闇に浮かぶゴールポストに向かってボールを蹴りつける。肩で息をすると、ふたたび後ろに下がった。

「何やってるんだ」

武藤が声をかけると、松山がびくっとして振り返った。

「すみません。ちょっとすっきりしたかったんで」

「試験中だろうが。こんなことをやってる場合か」

「そうですけど……」松山が困ったように頭をかいた。

「今回の試験で内申書が決まるんだぞ」

「どうせ今からがんばったって陸徳《りくとく》も平井《ひらい》も無理ですから。それ以外の高校に行くんだったらどこでも同じですよ」

この地区の公立高校でサッカー部が強いのはその二校だが、いずれも偏差値は高い。経済的に私立に行くのが難しいことは知っている。

「この前の試合と同じだな」

松山は何も言い返さずこちらに顔を向けている。この暗さでは表情まではわからないが、おそらく武藤のことを睨んでいるだろう。

「終了五分前に三点目のビハインドを背負って諦めちまった。諦めなければ勝ってたかもしれない」武藤は自分の思いを吐きだした。

「諦めてなんかいませんでした」

「そうかな。少なくともおれにはそう見えた。自分でもそのことに気づいてるから、こんな大事なときにボールを蹴ってるんじゃないのか」

「武藤先生だって諦めたんじゃないんですか」

その言葉が胸に突き刺さった。

「おれは信じません。武藤先生が女子生徒にセクハラなんかするわけがない」

自分が「そうだ」というのを待っているのはわかったが、黙っていた。そう思ってくれる生徒がひとりでもいればそれでいい。

「もう帰れ。最後まで諦めるな」武藤はそう言って歩きだした。

校門を出ると、まっすぐ駅の反対側にある飲み屋街に向かった。それまで学校がある錦糸町界隈では飲まなかったが、新学期に入ってからよく行く店ができた。

暖簾をくぐって店に入ると、空いていたカウンター席に座った。

「ウーロンハイと冷奴《ひややっこ》とお新香」

いつもと同じものを注文すると、大将が「あいよ」と無愛想に言って準備を始めた。

目の前のショーケースの中にはうまそうな魚が並んでいるが、自分には手が届かない。小遣いはかぎられているので、大将のぞんざいな態度を我慢しながら、安いつまみを肴《さかな》にしてちびちびやるしかない。

目の前にウーロンハイが置かれ、一気に半分ほど飲んだ。

ちびちびやろうと思っていたばかりなのにと、グラスを置いて溜め息を漏らす。

ひさしぶりに松山と話し、早く酔いたくなってしまったのだろうか。

松山にはサッカー部の強い私立校のスポーツ推薦をとらせてやりたかった。そうなれば入学金も授業料も免除される。今年の全国大会で活躍できていればきっと誘いはあっただろう。

一年生でサッカー部に入ってきたときから松山の才能は感じていた。全国大会の常連チームだから才能のある部員はたくさんいる。だが、武藤が最も惹かれたのは誰よりも努力家で謙虚なところだった。朝練や土日の練習には一番早くグラウンドにやってきてボールを出し、コーンを並べていた。松山の祖父母はともに介護施設に入所しているらしく、贅沢はできない経済状況だったのだろう。練習が終わり他の部員が帰っていく中、松山は親に買ってもらったシューズを念入りに磨いていた。それだけではなく部で使っているボールもきれいに手入れしてから帰っていた。上級生たちにも礼儀正しく、同級生が苦しんでいるときには励ましの言葉をかける。

決して体格に恵まれていたわけではないし、圧倒的な技術を持っているわけでもなかったが、彼の人柄に得難いものを感じ、部員の中でも特に目をかけていた。

だが、二年生になってから松山の様子が変わっていった。部員たちに対して不遜な言動をとるようになり、武藤やキャプテンの指示を無視して勝手なプレーをする。注意しても言うことを聞かず、投げやりな態度で武藤にまで食ってかかってくるようになった。

武藤は松山の変化に戸惑い、当時の担任だった辻と話をした。すると松山は部活中だけでなく、クラスでも他の生徒たちに暴言を吐いてひんしゅくを買っているということだった。

どうして松山が変わってしまったのかわからなかったが、しばらくしてその理由に行き当たった。

一年生の二学期に小児がんで亡くなった三宅彩華は松山の幼なじみだったのだ。

武藤は松山と話をした。いくら自棄になっても亡くなった者が戻って来ることはない。今を一生懸命に生きることが亡くなった彼女への供養になると。

だが、それでも松山の態度は変わらなかった。

武藤は彼に対して厳しく接した。言うことを聞かない松山に生徒たちの前で平手打ちしたこともあったし、練習には参加させず、ひたすら校庭で正座させたこともあった。すべては松山を立ち直らせたいと思う一心だった。

「いらっしゃい――」

大将の声が聞こえ、武藤はちらりと入口を見た。

店に入ってきたのが下田で驚いた。

「ここで飲んでらっしゃったんですか……隣、いいですか」

同僚と飲みたい気分ではないが、断るわけにはいかない。武藤が頷くと、下田が隣に座った。

「生ビールを。あと……」下田がそう言ってメニューを開いた。しばらく見てこちらに目を向ける。

「何がおいしいですか。初めて入る店なんで」

「わたしはいつもこれしか頼まないから、他はわからないです」武藤はそう言って目の前の冷奴とお新香を指さした。

「じゃあ、わたしも生ビールと同じものを」

下田が注文すると、大将が「あいよ」と無愛想な声で返した。

「武藤先生もひとりでお酒を飲まれるんですね。歓送迎会のときにはほとんど飲まれないから」

「そんなには飲みませんね。家に帰ってからもせいぜいビール一杯ぐらいです」

サッカー部の指導と本来の校務に追われ、結婚してからも十時より早く帰ったことはない。帰宅しても朝練があるから夕食を済ませたらさっさと寝ていた。

「飲みに来るようになったのは今年の新学期になってからですね」

学校でやることがないからといってそのまま家に帰るわけにはいかない。妻にはサッカー部の顧問を外されたことを言っていないからだ。そう伝えたら、いらぬ心配をさせてしまうだけだ。

「わたしと同じですね」

「下田先生は酒を飲んで大丈夫なんですか？」

昨年の六月、下田は胃の病気で三ヵ月ほど休暇をとった。二学期から仕事に復帰したが、それ以来帰りが早い。まだ病気が全快していないのではないかとまわりの教師たちが心配していた。

「深酒はよくありませんがちょびちょびなら大丈夫です。酒すら飲めないということになればストレスでまた入院ですよ」

下田がそう言ってジョッキをつかんだ。ビールを飲むとふたたびこちらに目を向ける。

「それにしても大変なことになりましたね。さっきニュースになってました」

武藤も先ほどネットのニュースで確認した。『性的』ということは伏せられていたが、虐待の容疑で岡部さゆりの父親が逮捕されたと出ていた。

職員会議の後に担任の相原と少し話をしたが、悔しそうだった。

「先月の予選大会は残念でしたね」

その声に我に返り、武藤は目を向けた。

「応援に行ったんですよ。武藤先生もさぞ悔しかったでしょう」

「しかたありませんよ」

そう言いながらも、試合終了のホイッスルが鳴った後の光景がよみがえってくる。

松山はひとりグラウンドで泣き崩れていた。それを見て、また以前の彼に戻ったのを感じた。

「負けることでしかわからないこともありますから」武藤はそう言ってウーロンハイを飲んだ。

人から見れば負けたように映るかもしれない。だけど諦めるわけにはいかないのだ。

19

「石原中の蓮見と申します」

蓮見がインターホンに向けて告げると、「少々お待ちください」と女性の声が聞こえた。

しばらくするとドアが開き、女性が顔を出した。

「夜分遅くにすみません。幸樹くんの具合はどうかと思って伺いました」蓮見が一歩前に出て言った。

「わざわざお越しくださって申し訳ありません」

母親は正面にいる蓮見に丁寧な口調で言い、ちらっとこちらに目を向けた。

「演劇部の顧問をしております秋葉です」

秋葉が言うと、母親が「ああ、今朝はありがとうございました」と顔をほころばせ頭を下げた。日下部の愛想のよさと人懐っこさは母親譲りなのかもしれない。

「病院でも原因がわからないということですが」

蓮見が切り出すと、母親の表情にわずかな困惑が窺えた。

「そうなんですけどねえ。今日の朝になってまたお腹が痛いって言いだして。病院に連れて行こうとしたんですけど、しばらく寝たら治るだろうって……」

「今は？」

「部屋で寝ています。まったく、試験中だっていうのに先生がたにご心配をおかけして」

「お気になさらないでください」

他に何か伝えることはないかと、蓮見がこちらに目配せした。

「日下部くんは部活動にも熱心に取り組んでいます。ぜひ来年の発表会に御出席ください」

秋葉が言うと、母親が「ありがとうございます」と頭を下げた。

「クラスでも部活でも彼は明るく人気者なので心配ないかと思いますが……何か悩み事があるようには感じませんか」

「いえ、特には……。学校で何かあったんですか」母親が急に心配そうな顔になって訊いた。

「そういうわけではありません。今まで無遅刻無欠席だったので、あくまでも一応、です」

「こちらに引っ越してきたばかりのころは訛りをからかわれたようで学校を休みがちになりましたが、中学に入ってからは特に悩んでいる様子はありませんけど。学校も部活も楽しいっていつも言ってます。授業以外は」

最後の言葉に秋葉と蓮見が微笑むと、母親も笑みを浮かべた。

「ところで月曜日の夜は塾があるんでしょうか」

秋葉が問いかけると、母親が首をひねった。

「いや、夜遅くに日下部くんを見かけたという教師がいまして」

「ああ。成田《なりた》くんの家で一緒に勉強していたと言ってました」

「そうでしたか」

その帰りに錦糸公園に寄ったということだろうか。だが、何もわからないまま母親を不安にさせるわけにはいかない。明日登校したときに日下部に訊いてみよう。

「それでは幸樹くんにお大事にとお伝えください」

蓮見が言うと、母親が「ありがとうございます」と返してドアを閉めた。

秋葉たちは学校に向かって歩きだした。ふと家のほうを振り返ると、二階の窓から漏れていた灯りがさっと消えた。

カーテンの隙間から外を窺っていたようだ。日下部だろうか。

「どうしましたか」

蓮見の声に、「いえ、何でもありません」と言ってふたたび歩きだした。

20

「はい、そこまで」

チャイムの音と同時に、佐久間の声が聞こえた。

「それじゃ、答案用紙を後ろから回してください」

優奈は前の生徒に答案用紙を渡した。佐久間が一番前の席まで回された用紙を回収して教卓の前に戻った。

帰りの挨拶を終えて佐久間が教室から出ていくと、絵里加《えりか》がこちらにやってきた。

「やっと終わったね。これからトモと一緒にどこかいかない？」

A組のトモとは二年生のときに同じクラスだったので仲がいい。一緒に遊ぶと最後のほうにはいつも男子の話になる。

行きたかったがこの後に定例会がある。

「うわー、行きたかったな。今日はちょっと用事があって……」

両手を合わせると、絵里加が「オッケー、また今度ね」と言って席に戻っていった。

優奈は鞄に筆記用具を入れて立ち上がった。教室を出て一階に下りた。

他の生徒たちに続いて校舎を出ると、眩しかった。澄み渡るような青空だ。

こんな気持ちのいい空の下で歩いていても、考えているのは受験のことと、ガーディアンのことだけ。何だかもったいない。

「上ばっか見てると転ぶぞ」

校門を抜けたところで声が聞こえ、優奈は目を向けた。すぐ横に大雅がいるのを見て、仰《の》け反《ぞ》りそうになった。

「何そんなに驚いてんだよ。おれはお化けかゾンビか」大雅がおちゃらけたように言った。

「突然いるから」

胸元のリボンや制服が乱れていないかを確認する。

「一昨日、三宅さんの家に行ったの？」

優奈が訊くと、大雅が頷いた。

「行きたかったんだけど、家の用事があって……」

三宅彩華とは一年生で同じクラスだった。知り合ってすぐに学校を休みがちになったからそれほど親しかったわけではないが、冷たい人間だと思われたくなくて先に言い訳した。

「そっか。テストどうだった？」

大雅に訊かれ、優奈は「まあまあ」と答えた。

いつもと変わらない点数をキープしている自信はある。成績が悪くなれば門限を早くされたり塾に行くことを勧められたりするので、家に帰ると遅くまで勉強した。

「そっちは」

「最悪。特に数学が」

「テストの前日にボールを蹴ってたらそういうことになるよね」

「厳しいご指摘。なあ、数学のテストでわかんないとこがあって、これからちょっと教えてくれないか。さすがに勉強しないとヤバそうでさ。ミニストップのパフェごちそうするから」

心臓がどきっとした。

「わたしの家庭教師代はそんなに安いの？」動揺を抑えようと軽口を叩いた。

「じゃあ、マックのハンバーガーセットでどうだ」

「なかなか惹かれるけど、ごめん……これから用事があるんだ」

「そっか。しょうがないな」大雅がそう言って肩をすくめた。

「ねえ、進路は決めたの」

「おれの成績じゃ行けるところはかぎられてる。江原《えはら》か松江《まつえ》か」

どちらもサッカー部が盛んではない高校だ。

「もっとサッカー部が強いところを狙ったら？」

「陸徳も平井もおれの頭じゃ無理だよ。かといって私立は想定外だし」

「そうなの？」

「去年、おじいちゃんに続いておばあちゃんも施設に入所させることになったんだ。母親もパートに出てるっていうのに私立に行かせてほしいなんて言えないよ」

一年生のときにおじいさんが介護施設に入ったとは聞いていたが、おばあさんまでとは知らなかった。

「推薦に懸けて試合に臨《のぞ》んだけどあのザマじゃなあ。今年は観に来なくて正解だったよ」大雅がそう言って頭をかいた。

もし自分が彼に聞こえるように声援を送っていたら、どうなっていただろうと想像した。仮に結果は変わらなかったとしても、何か大切なものを手に入れられていたかもしれない。

「じゃあ、おれはこっちだから」大雅が曲がり角で立ち止まった。

「うん。じゃあね」

優奈は歩きだしたが、すぐに「吉岡」と呼び止められ、振り返った。

「ひさしぶりに話ができて元気が出た。ありがとうな」大雅がこちらに手を振りながら言って歩きだした。

惜しいことをした。もうこんなチャンスはないかもしれないのに。

優奈はとぼとぼと自宅に向かった。絵里加や大雅に用事があると言った手前、ひとりで区立図書館にいるところを見られたくない。

家に着き、自分の部屋に入って鞄からスマホを取り出すと、ラインにアテナからのメッセージが来ている。

『デートは控えたほうがいいと思うよ』

大雅と一緒にいるところを見られたようだ。

アポロンからメッセージが入った。

『卒業したら自由にできるんだから、今は我慢したほうがいいよ。みんなのためにも』

続けざまに、ヘルメスとポセイドンとペルセポネからも『そうですよ』と、ふたりに加勢するラインが入った。

新学年になってから仲間として加わった三人だが、優奈は名前も顔も知らない。アポロンから二年生とだけ聞かされている。相手にも優奈のことを知らせていないという。

一緒にガーディアンを立ち上げたアポロンとアテナから言われるならまだしも、途中から入ってきた後輩から言われるとムッとする。

納得がいかないまま、優奈は『わかった』と返信した。

『定例会を始めよう。知ってるかもしれないけど、岡部の父親が昨日の朝警察に逮捕された』

すぐに『やったー！』という熊のキャラクターのスタンプが表示された。

『みんなのおかげでまたひとりの生徒が救われた。この調子でがんばろう。川越真凜の件はその後どう？』アポロンのメッセージが流れ、すぐにアテナが返事した。

『昨日の帰りに川越の後をつけたけど、鷲坂《わしさか》高校の生徒と遊んでた』

このあたりではガラのよくない高校として知られている。

『高校生がタトゥーしてるんですか？』ポセイドンが訊いた。

『その男はたぶん高校生じゃないと思うけど、そこまでは調べられなかった。でも川越と別れた後に尾行して、住所と苗字はわかった』

続けて竹沢《たけざわ》という名前と住所が流れた。

『どうする？　学校外のことだからけっこう難しいと思うけど』不安を覚えながら、優奈はメッセージを送った。

『大丈夫ですよ。岡部さんの件だって解決できたんだから』能天気なヘルメスのラインに苛立つ。

『いざとなったら奥の手を使うにしても、もうちょっと情報が必要だね。土日でさらに調べてみようか』
アポロンのメッセージに、自分以外の四人が『了解』と返した。
優奈はためらいながらメッセージを打ちこみ、送信した。
『ごめん。この土日はどうしても家の用事があるから無理』
ガーディアンに対する初めての抵抗だった。

21

学校の近くにあるコンビニに入ると、弁当売り場に立っている蓮見を見つけた。

秋葉が近づいていくと、蓮見が気配に気づいたようでこちらに顔を向けた。

「おつかれさまです。蓮見先生もコンビニ弁当ですか」

「ええ、たくさんあって迷いますね。給食だったら出されたものを食べればいいし楽なんですけど」

蓮見がそう言っておにぎり一個と小さなサラダをかごに入れ、レジに向かった。秋葉も目についたハンバーグ弁当をかごに入れ、蓮見に続いた。会計をして弁当を温めてもらう。コンビニから出ると店前で蓮見が待っていた。

「それだけで足りますか？」

秋葉が歩きだしながら言うと、蓮見が「ダイエット中なので」と肩をすくめた。

下校途中の生徒たちとすれ違い、挨拶しながら学校に戻る。

「日下部は今日も休んでますね」

蓮見が表情を陰らせ、頷いた。

「さっき成田くんに訊いてみたんですけど、日下部くんは最近家に来てないと言ってました」

「そうですか」

母親に対する言い訳ではないかと思っていたが、やはりそうだったか。

日下部は夜遅くまで何をしていたのだろうか。連日の欠席と関係あるのか。

「今日も日下部くんの家に行ってみようと思います。直接本人と話がしたいです」

蓮見の言葉に、秋葉は頷いた。

「ぼくもご一緒します」

反対側の歩道を歩く生徒たちが目に留まった。集団にまぎれるように大山がひとりで歩いている。

「先に学校に戻っていただけませんか」

蓮見に言うと、近くの横断歩道を渡って反対側の歩道を歩く。

「先生、どうしたの？」

「コンビニ弁当なんて身体に悪いよ。早く結婚したら」

生徒たちのからかいにやんわり返しながら歩道を進んでいく。曲がり角のたびに生徒がひとり離れ、またひとり離れていく。まわりに生徒がいなくなったところで、少し駆け足になり大山に追いついた。

「大山――」

後ろから呼びかけると、大山がこちらを向いた。

「これから家に帰るのか」

秋葉が訊くと、大山が頷き「寄り道はしませんから」と言って歩きだした。

「家で昼食を作ってくれるのか」

「はい」

「いいなあ。先生なんかコンビニの弁当だ。お母さんの料理はうまいか？」

「普通だと思います。あの……」大山が怪訝《けげん》そうな表情でこちらを向いた。

「何か悩んでないか？」秋葉が切り出すと、大山が立ち止まった。

「いえ、別に……」大山はそう言って歩きだした。秋葉もすぐに足を踏み出す。

「今回のテスト、成績がかなり落ちてるみたいじゃないか」

「苦手なところだったので」

「本当か？」

「ええ……もしかしてわたしが本当の母親じゃない人と暮らしてるから心配なんですか」

「そういうわけじゃない。日下部のことだって心配だ。もう三日連続で休んでる」

大山の表情がかすかにこわばったように感じた。

「日下部から休んでる理由を何か聞いてないかな」

「腹痛じゃないんですか。それ以外は何も……連絡を取り合っているわけじゃないし」

「早退する前に何か変なことはなかったかな」

「わかりません。クラスも違うし」

「そうか。ちょっと待ってくれ」

秋葉が言うと大山が立ち止まりこちらを見た。ポケットからメモ帳とペンを取り出して自分の携帯番号とメールアドレスを書くと、紙をやぶって大山に渡した。

「何か相談事があったらいつでも連絡してくれ」

「日下部くんに伝えろってことですか？」大山がメモからこちらに視線を向け、言った。

「ふたりとも、だ」

時計に目を向けると、六時を過ぎている。

そろそろ出たほうがよさそうだと、秋葉は背もたれに掛けていた上着を羽織った。

教材を入れた鞄を手にしたときに、自分を呼ぶ声が聞こえた。

事務員の松下がこちらを見ている。職員室のドアの外に女性が立っているのが見えた。

「若木陸くんのお母さまがいらっしゃっています」

秋葉は蓮見とアイコンタクトして鞄を机の上に置き、廊下に出た。若木の母親が
「テスト中なのにすみません」と頭を下げた。

「どうされましたか」秋葉は訊いた。

「先生にちょっと聞いていただきたいお話があるんです」

「陸くんのことですか？」

「まあ……」母親が曖昧に言った。

「どうぞこちらに」

秋葉は職員室の隣にある進路相談室に母親を案内した。部屋に入り奥の席を勧め、向かい合って座った。

「陸くんに何か問題があったんですか」

「いえ、陸の問題といいますか……」言葉を濁した。

急《せ》かさずに待っていると、母親が顔を上げて口を開いた。

「あの……ひとつお願いがあるんですが。わたしがここに来たことやこれからする話は、陸には黙っておいていただきたいんですけど」

「わかりました」

「ありがとうございます。先生はガーディアンという言葉を聞いたことはありますか？」

秋葉は首をひねった。

「いえ……それが？」

「先日、陸の携帯を見てしまったんです。最近塾をサボったり、派手な髪型にしたりしていたので、変な人たちと付き合っているんじゃないかと心配になって」

子供の携帯を盗み見るとは、そうとう不安に思うことがあったのだろうか。たしかに数日前に若木はアイドルのような髪型で登校してきた。秋葉は注意したが若木に「髪型ぐらい本人の自由でしょう」と反論された。学年主任の下田に報告したが、問題にしなかったのでそのままにしている。

「石原中の女の子とのやり取りで、陸がああいう髪型にできたのはガーディアンのおかげだと書いてありました。去年は髪型に対してものすごく厳しかったんですよね」

「そうなんですか？　すみません。わたしは今年こちらに赴任になったもので」

「失礼しました、そうでしたよね。去年はうちの陸も襟足《えりあし》がちょっと長いと先生に職員室に連れて行かれてバリカンで刈《か》られてました」

今はあきらかに染めていないかぎりは誰も厳しいことは言わない。

「それに相手の女の子が、今日の一年生みたいにわたしたちもいつ標的にされるかわからない……みたいなことを書いていて、それに対して陸が、ルールを守っていれば大丈夫だと答えてるんです」

「一年生が標的に？」秋葉は思わず身を乗り出した。

「そう書いてありました。暴力があったかどうかはわかりませんが、最近は学校の裏掲示板とかいろいろありますでしょう。そういうところで生徒さんが誹謗中傷《ひぼうちゅうしょう》などを書き込まれていじめを受けてるんじゃないかと……」

「先ほど、今日の一年生みたいにとおっしゃいましたが、いつの会話だったかわかりますか？」

「火曜日です」

日下部が早退した日だ。

ガーディアン——保護者、後見人、守護する、などの意味だ。

そこまで考え、はっと閃《ひらめ》いた。そういえば、数日前にその言葉を聞いた。

部活をやっている教室のドアを開けようとしたとき、伊東の言葉が耳に入った。

たしか、問題児だったからガーディアンの制裁を喜んでる人は多いんじゃ——と言っていた気がする。

「どうされました？」

母親の声に我に返り、秋葉は「いえ」と首を横に振った。「もしかしたらそういう裏掲示板などがあるのかもしれませんね。他の先生たちとも相談して対処します」

「わたしのことは……」

そう言った母親に秋葉は頷きかけた。

「お母さんから聞いたとはわからないように対処します。貴重な情報をいただきありがとうございます」

進路相談室を出ると、母親と一緒に玄関に向かった。

「そういえば……今年の一年生に芸能人がいるんですよね」

母親の言葉に、秋葉は曖昧に頷いた。

「まあ、今は違うようですが。演劇部に在籍してますので、よろしければ発表会にいらっしゃってください」

「先日、他校の生徒にからまれてたみたいですよ」

秋葉は母親に目を向けた。顔が知られているから見ず知らずの生徒にからまれたのか。それとも知り合いなのか。

「どういう生徒でしたか？」

「わたしが見たわけではないので。西尾くんのお母さんからロッコスのトイレで恐喝みたいなことをされていたようだと、しか」

「三年B組の西尾ですか？」秋葉が訊くと、母親が頷いた。

大山はそのことに悩み、成績が落ちていたのだろうか。日下部の件と同様に何とかしなければならない。

母親を見送ると職員室に戻った。一年の担任の席に向かったが蓮見も大山の担任の森も席を外していた。自分の席に戻ると、佐久間が「何のお話だったんですか？」と訊いてきた。秋葉は若木の母親から聞いた話を周囲の教師たちにした。

「ガーディアンなんて聞いたことないですね」佐久間と辻が口々に言った。

「下田先生はどうですか？」秋葉が訊くと、下田は関心がないというように首を横に振った。

「定期的にネットのチェックをしてますけど、うちの学校の裏掲示板を見たことはありませんね。他の先生たちも調べているでしょうけど、そういう報告もありませんし」佐久間が言った。

裏掲示板を作るからには、教師たちが簡単に検索できるようなものにはしないだろう。ネットに関しては生徒たちのほうが詳しい。

「ところで以前は生徒たちの髪型にずいぶんと厳しかったようですが」

秋葉が言うと、佐久間が「ええ」と頷いた。

「でも、保護者のかたたちからかなりクレームが来まして。子供たちの個性を尊重しろというような。そういう時代なんですかね」

22

部屋の外からインターホンが鳴る音が聞こえ、幸樹はポータブルゲーム機をベッドの下に隠した。頭から布団をかぶる。しばらくすると階段を上ってくる足音が聞こえた。続いてドアがノックされ母親が「幸樹」と何度も呼んだ。布団の中でじっと身をひそめていると、ドアが開く気配がして、母親に布団をはがされた。

「先生たちがいらっしゃってるわよ」母親がとがった口調で言った。

「お腹が痛いんだよ。悪いけど会えないからって」

「いつまで学校を休むつもりでいるの!」

「だって痛いんだからしょうがないよ」

「痛い痛いって騒ぐのは朝と先生が来たときだけでしょう。ごはんだって普通に食べてるじゃない。部屋にいるときにゲームをしてるのはわかってるのよ」

母親の小言に耳をふさぎたくなった。

「行けない理由があるんだったらちゃんと先生にお話ししなさい。これ以上ずる休みは許さないからね」

母親に手をつかまれ、無理やりベッドから起こされた。背中を押されてしかたなく階段を下りた。

玄関口に立っている秋葉と蓮見の姿が目に入った。

「体調はどうだ？」秋葉が軽い口調で訊いてきた。

「今はちょっとマシなんですけど……朝になるとお腹が痛くなって」

「病院でも原因はわからないんだって？」

幸樹は頷いた。

「来週は学校に来られそう？」蓮見が訊いてくる。

「痛みが治まったら行くよ。おれだって早く学校に行きたいんだから」

母親の手前そう言うと、秋葉が幸樹の隣に視線を移した。

「お母さん、申し訳ないんですけど、少し幸樹くんと……」

隣にいた母親が秋葉の言葉の意味を察したように、「それでは」と台所に入っていった。ドアが閉まる音が聞こえ、秋葉が一歩こちらに近づいてきた。

「何か、あるんじゃないのか」

秋葉にじっと見つめられながら小声で言われ、どぎまぎする。

「何もないよ」幸樹は小声で返した。

「本当か？　誰かからいじめられているんじゃないのか」

息苦しさを感じて秋葉から視線をそらすと、心配そうな顔の蓮見と目が合った。

「そんなことないよ。先生たちだって知ってるでしょ。おれは癒し系キャラだからそんなことされるわけないじゃん」

「月曜日の夜、何をしてたんだ」

秋葉の言葉にどきっとした。

「夜遅くに錦糸公園にいただろう」

辻から聞いたのだろう。母親には成田の家で勉強すると言ったが、もしかしたらすでに成田に訊かれているかもしれない。不登校中の八巻と一緒にいたと言えばさらに追及されるだろう。

「家だとテレビを観たりゲームをやったりしちゃうから駅前のマックで勉強してたんだよ。お母さんに言ったら早く帰って来いって怒られるから、成田の家で一緒に勉強するってことにして……」

「そうだったのか。学校に来られないのはガーディアンのせいじゃないのか？」

秋葉に唐突に訊かれ、幸樹は絶句した。

どうして秋葉が知っているんだ。

「ガーディアンっていうのはいったい何なんだ。裏掲示板の名前か？　誰にも話さないから、本当のことを言ってくれ。このまま学校に行かないわけにはいかないだろう」

本当にお腹が痛いだけなんだ」

「じゃあ、来週は学校に来られるよな？」

「まあ……」頷くしかなかった。

「わかった。じゃあ、月曜日に待ってるからな」

秋葉の言葉を聞きながら、三日前の光景を思い出した。

学校中の生徒からの冷たい態度を。誰からも視線を合わせてもらえず、そこに存在しないものとして扱われた。

あんな思いはもうたくさんだ。どうすればいい。学校に行けるわけがない。

「お母さん――」

秋葉の声に、幸樹は我に返った。台所から出てきた母親が幸樹の隣に立った。

「それでは今日はこれで失礼いたします」

「本当に何度もご足労いただいて……ほら、幸樹もちゃんと先生にお礼を言いなさい」

母親に言われ、幸樹は「ありがとうございます」と頭を下げた。

秋葉と蓮見は会釈をするとこちらに背を向けた。

何もわかってないくせして——

忌々しい思いでふたりの背中を睨みつけていると、ドアが閉まった。

「秋葉先生って今年赴任されたばかりって言ってたわよね」

母親に訊かれ、幸樹は頷いた。

「数年前まではあまり評判がよくなかったけど、最近の学校は平和になったみたいって近所のお母さんたちが言ってた。秋葉先生も蓮見先生も熱心だし、やっぱり先生の質で変わるものねえ」

母親も何もわかっていない。

学校を変えたのはガーディアンだ。先生じゃない。

幸樹は苛立ちながら階段を上り、部屋に入った。ベッドに寝転がろうとしたが、その前にスマホを確認しようと机に向かった。

登録されていない番号から着信が入っている。留守電にメッセージは入っていない。もしかしたらガーディアンからだろうか。三日前に制裁を受けてから、幸樹は何度もガーディアンにメールをした。自分が制裁を受けたのは、八巻に協力してガーディアンの正体を調べようとしたからにちがいない。八巻に脅されてしかたなくやりました。二度としないので許してください、と。だが、ガーディアンからの連絡ならば電話ではなくメールではないか。相手は素性を知られたくないのだ。

無視しようとベッドに寝転がったが、誰からの電話かどうにも気になり、すぐに起き上がった。

スマホをつかみ、ためらいながらボタンを押した。緊張しながら通話音を聞いていると、電話がつながった。

「日下部くん？」

女性の声が聞こえた。

「誰？」不安に思いながら訊いた。

「大山葵」

その名前に驚き、声を詰まらせた。

「スマホ持ってないって……」ようやく言葉を絞り出した。

「ごめん、嘘をついてた。スマホ持ってるのにガーディアンのメンバーに入ってないと標的にされちゃうんじゃないかと思って」

そうだったのか。

「大丈夫？」大山が訊いてきた。

ちっとも大丈夫ではないが、「うん」と呟いた。

「いったい何があったの？　どうして制裁を受けることになったの？」

幸樹は制裁を受けるまでの経緯をかいつまんで説明した。近所に住む先輩の八巻に脅され、しかたなくガーディアンの正体を探ろうとしたことと、その後詫びのメールを送ったが何の連絡もないことなどだ。

「おれはどうなっちゃうんだろうなあ……」

「伊東先輩たちの話だと、制裁を受けてもしばらくしたらだいたい解除されるって言ってた」

「だけど、八巻先輩なんて去年の九月から学校に行ってないんだぜ。あの人と同罪と思われてたら、簡単には許されないよ」

「そうだけど……」

大山はそう言うと黙ってしまった。せっかく電話してくれたのに、落ち込ませてどうする。

「それにしても、よくおれの番号がわかったね」幸樹は明るい口調で言った。

「A組の成田くんから聞いた」

「ずいぶん思い切ったことをするなあ。ガーディアンに知られたら葵ちゃんだって制裁を受けちゃうかもしれないのに」

緊張しながら『葵ちゃん』と言ってみたが、大山はごく自然に「そうだよね」と返してきた。

「自分でもがんばったと思う」

笑うような声が聞こえ、先ほどまで胸を覆い尽くしていたもやもやが少し晴れた。

「もし……」そこまで言って、幸樹は口を閉ざした。

「何？」大山が訊いてきた。

「いや、何でもない」こんなことを言っても大山を困らせるだけだ。

「気になるじゃない。男だったらはっきり言いなさいよ」

「……もしおれが学校に行ったら……話してくれる？」

沈黙が流れた。

「いや、みんながいるところじゃなくていいよ。話をしなくても、目配《めくば》せしてくれるだけでもいい。そうしてくれればおれは……」

何とか耐えていけそうな気がする。

「いいよ」

心臓がどくんと波打った。

「みんながいる前で話しかけるよ。だから月曜日学校に来なよ」

涙が出そうになった。それを我慢していると今度は鼻水がこみ上げてきた。

「もしもし？」大山の声が聞こえる。

幸樹はスマホを顔から離し洟《はな》をすすってから「ありがとう」と言った。

「わたしがそうなっても、話してくれる？」

「もちろん」

「土日はどうするの？」

「追試を受けなきゃいけないだろうから勉強しなきゃ。葵ちゃんは？」

「わたしは特に何もない」

勉強でわからないところを教えてほしいと言いたかったが、さすがにそこまでは厚かましいだろうかと迷った。

「じゃあ、おやすみ」

誘えないまま大山に言われ、幸樹も「おやすみ」と電話を切った。

スマホを見つめ、大きな溜め息を漏らした。

本当の幸せは、幸せなときには気づけない。十三歳にしてそんなことを感じられる自分はつくづく大人だなあ。

大山との会話を思い出していると、手に持ったスマホが振動した。

画面を見るとメールが入っている。ガーディアンからだ。

23

「先ほどおっしゃっていたガーディアンというのは……」

日下部の家を出てしばらく歩くと、蓮見から話しかけてきた。

「ある生徒の保護者が教えてくれたんです。子供の携帯を見ているときにラインの会話でそういう言葉があったと。派手な髪型にできるようになったのはガーディアンのおかげだと。それに、今日の一年生みたいにわたしたちもいつ標的にされるかわからない……という内容だったそうです」

「今日の一年生みたいに……もしかして、日下部くんのことですか」

「会話の日付は日下部が早退した日だったそうです。その生徒は、ルールさえ守っていれば大丈夫だと答えたと。だから、そういう名前の裏掲示板でもあって、そこでいじめがあるんじゃないかと心配して知らせてくれたんです」

蓮見は言葉を返さなかった。そんなものが存在するなど信じられないのかもしれない。

「昨年の二学期から長期欠席する生徒が増えたみたいですね」

秋葉が言うと、蓮見がこちらに顔を向けた。頷く。

「たしかにそうです。前の学年の二学期と三学期は長期欠席する生徒がものすごく多かったです」

「たとえばいじめの標的にされた生徒が次々と学校に来られなくなった、とは考えられませんか」

蓮見は無言で歩き続けている。

石原中は他の学校に比べて問題が少なく平和だ。認めたくない気持ちも、今年入ったばかりの教師にそんな指摘をされたくない気持ちもわかる。確信もないままこんな話を持ち出したのは早計だっただろうかと後悔し始めたときに、蓮見が立ち止まった。秋葉も立ち止まり、蓮見に目を向けた。

「秋葉先生はまだお時間ありますか？」

「ぼくは大丈夫です。喫茶店でも行きますか」

「あまり人目がないほうがいいので」

それでここで立ち止まったのか。目の前に公園がある。

「わかりました。冷えますので缶コーヒーでも買っていきましょう」

近くの自販機で缶コーヒーを買い、蓮見とともに公園に入った。薄暗い公園に人の姿はなかった。生徒や保護者に見られたら変な噂を立てられないかと少し心配になったが、蓮見は気にする様子もなくベンチに向かっていく。並んでベンチに座ると、秋葉はプルタブを引いて缶コーヒーを飲んだ。蓮見は考え込むように少し前のめりになりながら、両手で缶を握り締めている。横顔を眺めていると、いきなり蓮見がこちらを向いた。

「うちの学校、何か変だと思いませんか」

蓮見に問いかけられ、秋葉は首をひねった。

「変って、どういう……」

「この学校には不良がいないんです。賑やかだったり元気だったりする子はいますが、学校内で問題を起こす生徒がいないんです」

「それは先生たちの努力の賜物ではないんですか」秋葉が言うと、蓮見が首を横に振った。

「わたしが赴任した五年前から昨年の一学期までは、深夜徘徊や喧嘩や万引きで警察に補導される生徒が多かったんです。それが三学期にはまったくといっていいほどなくなりました。常に指導はしてきましたが、何かを劇的に変えてはいません。それなのにこんなに変わることがあるんでしょうか？　わたしは教師になってからずっとこの学校なので他校のことはわからなくて」

「学年替わりであればあるかもしれませんが……」

たとえば問題を起こす生徒の多くが三年生で、彼らが卒業したことによって、学校が穏やかになるというのはあるかもしれない。だが、学期替わりでそこまで変わるというのは不思議な話だ。

「ただ、不良がいなくなるのと同時期に長期欠席する生徒が増えました。ほとんどの生徒が一週間ほどで学校に出てきますが、いまだに不登校の生徒もいます」

「八巻ですね」

蓮見が頷いた。

「一年のときに担任でしたが、八巻くんは問題児でした。学校では授業を妨害したり他の生徒に乱暴したり、校外では夜中までゲームセンターにたむろして恐喝をしているようでした。もっとも被害に遭ったと思われる生徒は八巻くんにやられたと認めなかったですが……」

問題児だとは聞いていたが、そこまでひどい生徒だったとは。

「八巻が不登校になった理由をどうお考えですか」

秋葉が訊くと、蓮見が悩むように少し顔を伏せた。すぐに顔を上げ、こちらを見つめる。

「わたし、ひとつ思ったことがあったんですけど……」

「何でしょうか」蓮見のためらいを感じながら、秋葉は訊いた。

「この学校には自警団のようなものがあるんじゃないかと。教師たちは関与しない、生徒たちによる自警団が」

「生徒たちによる、自警団？　それがガーディアンと呼ばれているということですか？」

蓮見が頷いた。

「たとえば問題のある生徒がいたとします。教師がいくら指導しても改善されない。そういう生徒が他の生徒たちによって排除されていたとしたら」

「排除された生徒が長期欠席になる、ということですよね」

「そうです」

「でも、どうやって学校に来させないようにするんですか。学校に来なくなったのは八巻のような不良ですよね。とうぜん他の生徒よりも腕力はあるでしょうし、もし八巻に長期欠席を強制しようとしても、逆にやり返されませんか？」

「数の論理ではないでしょうか。たしかに八巻くんであれば誰でも言うことを聞かせられるでしょう。でも、相手がこの学校の生徒全員だとしたらどうですか？」

「でも、すべての生徒が同じ意識を持つというのは難しい気がします。生徒もそれぞれ考えが違うでしょうし。ある生徒から見たら嫌なやつだったとしても、他の生徒からすれば親友だということもあるでしょうし」

蓮見がきゅっと口もとを結んだ。気分を害したのかもしれない。

「そうですね……あまりにも荒唐無稽《こうとうむけい》な話でした。長期欠席をしている生徒の中には不良とは言えない生徒もかなりいましたし。忘れてください。ごめんなさい、変な話をしてしまって。この話は誰にもしないでいただけますか？」

秋葉が頷くと、蓮見が取り繕うように笑って缶コーヒーのプルタブを引いた。

24

「ご飯の用意できたけど」

母の声が聞こえ、優奈は返事をして椅子から立ち上がった。

部屋から出て母と一緒に一階のダイニングに向かうと、テーブルの上に料理が並んでいた。いつもは和食がほとんどだが珍しく中華だ。チンジャオロースとシューマイとサラダが皿に盛りつけられている。

母と向かい合って座り、手を合わせてから箸を手に取った。

「出来合いのものばかりでごめんね。緊急のＰＴＡの集会があって」

母はＰＴＡの副会長をしている。

「何かあったの？」

優奈が訊くと、母が表情を歪めた。

「昨日、二年B組の岡部さゆりさんのお父さんが警察に捕まったの。知ってる？」

「ああ……そういえば誰かがそんなこと言ってた」関心がないふりをしながら言った。

「虐待だって。ひどいわね。本当の父親じゃないらしいけど、お母さんはいったい何をしてたのかしら。普通、実の娘が虐待されていたら気づいてすぐに手を打つべきじゃない」母が非難するように言った。

さゆりの母親は病気がちで、生活費や治療費などは父親頼みだったみたいだから、多少の兆候を感じても強く言えなかったのだろう。

「せっかく優奈たちのおかげで学校内の問題は減ってきたのに。さすがに親のことまではどうにもできないわよね」

ガーディアンの力で学校内の多くの問題は解決できた。でも、すべての問題を生徒たちだけで何とかできるわけではない。保護者の圧力を利用しなければならないときもある。

武藤のときもそうだった。学内の不良たちがガーディアンの活動でおとなしくなると、さらにガーディアンの評判を高めるために、アポロンは体育教師の武藤の信頼をなくさせようと提案した。武藤は教師の中でも一番指導が厳しく、生徒たちに嫌われていたが、全国大会にも出場するサッカーの強豪チームの顧問として保護者からの信頼は絶大だった。生徒たちの言動に目を光らせている武藤に、いずれガーディアンの存在に気づかれ潰されてしまうかもしれないとアポロンは危惧したようだ。

アテナは即座に賛成したが、優奈はためらった。グラウンドの隅でひとり正座させられている大雅の姿をいつも見ていたので、自分も武藤に対していい感情は持っていない。だが、武藤の信頼を失墜《しっつい》させて、もしサッカー部の顧問を辞めさせられてしまったら、全国大会に行けなくなるかもしれないとも思った。

生徒たちからのさらなる信頼を集めることがこれからのガーディアンにとって必要なんだというアポロンの言葉に、優奈は了承するしかなかった。生徒たちに武藤が体育の授業中に女子にセクハラをしたという悪い噂を流させたが、すぐに効果は表れなかった。嘘をついていると武藤から恨まれることになるから、セクハラされたという女子を特定させるわけにはいかない。あくまでも二年C組の女子という曖昧な訴えだったから、学校側も本気で追及しなかったのだろう。

優奈はアポロンに頼まれ、母にそのことを話した。さらに学校には生徒の相談や要望などを伝える投書箱があるが、教師は自分たちに都合の悪いことはなかったことにしているみたいだと訴えた。母からPTAに、PTAから保護者にと、それらの話が伝わっていった。母は自分の娘が不利益を被《こうむ》らないよう、優奈から聞いたということは伏せた。PTAが独自に二Cの生徒からアンケートを取ることになり、全員が女子の名前は伏せた上で、武藤がセクハラをしたと答えた。ＰＴＡと学校が協議して、武藤が反省文を提出して担任とサッカー部の顧問を外れることになった。

それからは優奈が母に話したことがＰＴＡを通じて学校への圧力になっていった。厳しい髪型の指導をやめさせたのもそのひとつだ。生徒たちの意見を反映させることで、生徒たちの結束はより強まった。自分たちが理想とする、生徒たちが安心して過ごせる学校が実現しつつある。だがその陰で辛い思いをした生徒がいるのも事実だ。

大雅もそのひとりだろう。

「保護者の人たちはどう思ってるのかな」

優奈が言うと、母が箸を持った手を止めて「何かしら？」と訊いてきた。

「今の学校について」

「そりゃ、みんな喜んでるわよ。特に二、三年の保護者のかたは前の状況を知ってるから」

「そう……」

浮かない思いでいるのを察したように、母が「どうして？」と問いかけてきた。

「何か、告げ口してるみたいで気持ちがよくなくて」優奈が言うと、母が微笑んだ。

「そんなふうに思わなくていいの。あなたは正しいことをして、そのおかげでみんなから感謝されてるんだから。ところで、テストのほうはどうだったの？」

「まあまあ……かな」

「予備校に行かなくて大丈夫？　塾にも予備校にも行ってないって言ったら他のお母さんたちに驚かれちゃった」

「お母さん、わたし……私立じゃなくて公立に行こうかなって思ってるんだけど」

優奈が切り出すと、母が意外そうに首をひねった。

「どうして？　ずっと女子校がいいって言ってたじゃない」

「うん、でも、この近くで入りたい女子校があまりないんだ。通学に時間がかかるのも嫌だし。それよりもうちから近い高校に行って、予備校に行きたいなって。陸徳か平井あたりがいいかなって思ってるんだけど」

「あなたならもっといいところを狙えるんじゃない？」

「陸徳も平井も悪くないよ。東大に入ってる人だっているし」

「まあ、あなたが行きたいところに行けばいいわよ。お母さんはあなたのこと信頼してるから」そう言って母がサラダに箸を伸ばした。

25

いつものように朝食が用意されている。今日はスクランブルエッグとパンとヨーグルトだ。

「おはよう」葵は父の向かいに座ると、スプーンを手に取った。

「葵、プレゼント何がほしい？」新聞からこちらに目を向けた父に訊かれた。「来週の日曜日、誕生日だろう」

そういえばそうだった。

「何でもいいよ。お父さんと美江さんに任せる」

そう答えてヨーグルトをすくったが、すぐに父に視線を戻した。

「あ、やっぱり、できれば図書カードがいい。好きなときに本が買えるから」

父と美江が顔を見合わせた。さらに不審に思われてしまったようだ。

けっきょく美江の財布から一万円札を抜き取ったことをふたりから問われることはなかった。だが、この数日の腫れ物に触るような接しかたで、気づかれているのだろうと察した。

「参考書を買うたびに美江さんにお願いするのも申し訳ないなって思って」

「わたしはいくらでも言ってくれていいのよ。参考書だけじゃなくてほしいものがあったらいつでも相談してね」美江が気を遣うように言った。

「せっかくの日曜日だし、学校の友だちを呼んでうちでパーティーをするのはどうだ？」

父が言うと、美江がすぐに「それはいいわね」と同調した。どうやら葵の交友関係を心配されているようだ。

「いいよ、そんな面倒くさいことしなくても」

何とかヨーグルトだけ食べ終えて、葵は立ち上がった。

「美江さん、ごめんなさい。今日はちょっと食欲がなくて」

「いいのよ、気にしないで。いってらっしゃい」

不安げなふたりの視線に見送られながら、葵は玄関に向かった。

以前は家を出れば少し呼吸が楽になったが、今はまったく変わらない。家も学校も外も、どこにいても息苦しい。

用意できたら連絡しろと真理に言われたが、短期間で七万円以上のお金を作ることなんてできない。いったいどうすればいいだろう。図書カードはせいぜい一万円分ぐらいだ。換金する方法も考えなければならない。

ネットで『中学生』『稼ぐ』などのキーワードで検索してみた。たしかに真理の言うとおり、出会い系サイトを利用すれば簡単に稼げるかもしれないが、からだを売るなんてできるわけがない。だが用意できなければ、あの写真をどこかに売ってしまうかもしれない。先日会った真理は、もはや自分が知っている親友ではなかった。

ふと思い出し、鞄からメモ用紙を取り出した。秋葉の携帯番号とアドレスが書かれている。

自分から言わなければ何も気づいてもらえないのはわかっている。でも……。

信用できるだろうか。

いや――。

また裏切られたくない。葵はメモを手の中で丸め、鞄の中に放った。

学校が近づいてくると、石原中の生徒たちを見かけ、さらに息が苦しくなった。

日下部が学校に来ていたら、話しかけないといけない。

約束したんだから。

校門の前にふたりの教師が立って生徒たちに挨拶している。秋葉と二年の担任の小《こ》林《ばやし》だ。

秋葉が葵に「おはよう」と声をかけてきた。

「おはようございます」

秋葉に頭を下げて校門を抜けると、校舎に向かった。

玄関で靴を履き替えて階段に向かう。C組を通り過ぎてA組の教室に行った。

ドアの窓から中を覗くと、窓際の席に座っている日下部の姿が見えた。おどおどしながらあたりの様子を気にしている。

どんな思いでここまで来たのだろう。今の自分にはとうてい持てないほどの勇気を振り絞ったにちがいない。

気持ちを奮い立たせてドアを開けようとしたときに、数人の男子生徒が日下部の席に向かった。

葵はドアにかけた手を引っ込めて様子を窺った。日下部はしばらくぎこちなさそうに男子生徒と話していたが、すぐにこちらにまで聞こえてくる笑い声を上げた。

制裁が解かれたのだ——。

葵は大きく溜め息を吐いて、C組の教室に向かった。

26

残っていた牛乳を飲み干すと、秋葉はトレーを持って立ち上がった。

半分ほどの生徒がまだ給食を食べているが、食器とトレーを片づけて教室を出た。

一Aの教室を覗いたが、もう食べ終わって遊びに行ったようで日下部の姿はなかった。

朝、登校してきた日下部に声をかけると、挨拶を返していくぶん緊張したような表情で校舎に入っていった。休み時間に蓮見から聞いたところでは、日下部は以前と変わらない様子で友達と楽しそうに話していたとのことだった。

いじめられていたわけではなかったのか。ましてや生徒たちによる自警団から排除されたという想像はまるで外れていたのか。

金曜日の夜、今日話したことはすべて忘れて、誰にも話さないでくださいと蓮見に言われて別れたが、心の中の引っかかりは取れなかった。ガーディアンの話をしたときの日下部はたしかに怯え、うろたえた。それに日下部が早退した日に聞いた伊東の言葉も。

秋葉は二年B組の教室に向かった。ドアを開けて教室に入ると、談笑していた生徒たちがこちらを向いた。窓際でクラスメートと話をしていた伊東と目が合った。秋葉が何か言う前に伊東が「先生」と笑顔でこちらに駆け寄ってきた。

「どうしたの？」

「ちょっといいか」

秋葉は廊下に指を向け、伊東を教室から出させた。まわりの生徒に聞かれないよう、誰もいない非常階段のドアのほうに向かう。

「ガーディアンって何なんだ？」

いきなり問いかけると、伊東が驚いたように眉を上げた。

「何、それ？　え？」伊東の声がうわずっている。

「先週の火曜にそんな話をしてなかったか？　おれが部活の部屋に入る前に」

「してないしてない。先生の聞き間違いだよ」伊東がことさらに大きく首を横に振る。怪しい。

「たしかにそう聞いたぞ。ガーディアンの制裁で学校に来られなくなったって噂が、とかって。あれはどういう意味なんだ？」

「言ってないって、秋葉先生の空耳だよ。もういい？　貴重な休み時間なんだから」

伊東は早口で言うと、有無を言わさず教室に戻っていった。

秋葉は伊東の背中を見ながら溜め息を漏らした。若木に訊けば簡単だが、母親との約束がある。それを破れば母親からの信頼を失い、今後もし何か問題が起きても話してくれなくなるだろう。しかも保護者間の噂は早い。

秋葉は職員室に戻ろうと階段に向かった。階段を下りていると数人の生徒の先に大山の背中を見つけた。

「大山――」

呼びかけると、大山が踊り場で立ち止まった。

「ちょっといいかな」

秋葉はそう言うと大山と一階まで階段を下り、進路相談室に入った。

「今度は何ですか？」と不審そうにしている大山と向かい合わせに座った。

「先週、ロッコスのトイレで他校の生徒と一緒にいたらしいな」

秋葉が問いかけると、大山が目を見開いた。

「いったいどこの生徒なんだ」

「……南部中です。前の小学校で一緒だった子」

「目撃した人の話によると、何だかからまれているみたいだったそうだけど」

「そういうわけじゃありません」大山が硬い声音で否定した。

「本当か？　その生徒たちからいじめられたりしてるんじゃないのか」

「たしかに昔はいじめられてました。この前はたままあそこで会っちゃったからちょっとからまれただけで……」

「南部中の先生に連絡して注意してもらおうか？」秋葉が言うと、大山が首を横に振った。

「絶対やめてください。そんなことされたら余計に反感を持たれます。お互い連絡先も知らないいし、偶然会わなかったらまったく問題ないので。大丈夫ですから」

「本当に大丈夫か？」念を押すと、大山が大きく頷いた。

「岡部の事件に関して、生徒たちの反応は？」教頭が加藤と相原を見た。加藤が口を開く。

「二Bの生徒たちには虐待の容疑で逮捕されたという事実を伝えました。ただ、虐待の内容は話していません。詳しい内容を詮索するような様子は今のところないようですが、他のクラスではどうですか？」

加藤に訊かれ、担任を持つ教師たちが口々に「特に変わったことはありません」

「騒ぎにはなってないですね」と言った。秋葉も同様の答えを返した。

「そうですか。報道でも子供に配慮してか、詳しい虐待内容は報じられてなかったですね。もし保護者から問い合わせがあったとしても、マスコミが発表している以上のことは話さないでください」

「わかりました」秋葉とまわりの教師が同時に言った。

「それでは次の報告ですが、今朝投書箱に手紙が入っていました」

教頭が便箋を取り出し、隣の教師に回していく。

「一Cの大山葵が他校の生徒にからまれているのを見た、という手紙です」

教頭が言うと、「有名人だからかな」という声が上がった。

秋葉は大山の担任の森と顔を見合わせた。森がどうぞと手で示したので秋葉は口を開いた。

「担任の森先生にはすでにお話ししているのですが、ある保護者から同様の話を聞いていまして、先ほど本人から話を聞きました。小学校のときにその生徒からいじめられていたようで、偶然ロッコスで再会してしまいからまれたということです」

「大山はこの近くの小学校ではないですよね」教頭に訊かれ、秋葉は頷いた。

「千住の南部第一小学校からこちらに引っ越しました。他校というのは南部中です」

たまたま遊びに来たときに大山を見かけたのだろう。

「どのように対応するべきでしょうかね」教頭が考え込むように顎に手をやった。

「大山はあまり話を大きくしたくないようです。先方の教師に報告して注意をされたら余計に反感を持たれると心配しています。お互いに連絡先を知らないので偶然会わないかぎり大丈夫だと言われました」

「かといって、このまま何もしないというわけにもいきませんよね」

「森先生と相談しまして、これから注意深く大山の様子を見ていこうという話になりました」

「そうですね。先方に伝えることで藪蛇《やぶへび》にならないともかぎりませんから。他に何か報告などはありませんか？」

教頭が見回したが、他に意見はなかった。

「校長、いかがでしょうか」

「わたしからは特には。それでは引き続きよろしくお願いします。おつかれさまでした」校長がそう言って立ち上がった。

教師たちが立ち上がり、次々と会議室を出ていく。

秋葉は便箋を持っていた教頭に近づいた。

「見せていただけますか」

秋葉が言うと、教頭が便箋を渡し会議室から出ていった。

『一年C組の大山葵さんが他校の女子生徒にからまれているのを見ました』と書かれている。

投書したのは若木か西尾ではないだろうか。

文面を読んで、かすかな違和感を抱いた。だが、それがどうしてなのかはわからない。

27

「火曜日に出かけていって、もう一度話してみよう。泣かないでもいい。ママさんはロパーヒンに相談するだろうからさ。あの男は、もちろん、いやとは言うまい。それからおまえはひと休みしたら、ヤロスラーヴリの伯爵《はくしゃく》夫人のところへ行ってみるんだな。おまえの大伯母さんだからね。といった具合に、三方から運動すれば――もうこっちのものだ。利子は払えるからさ、断じてね。わたし……わたし……」

目の前にいる日下部が声を詰まらせた。首を振りながら続きを思い出そうとしている。

「面目なりなんなり……」

葵が小声で言うと、日下部が口を開いた。

「わたしの面目なりなんなり、なんでもかけて誓うが、この領地は売られるものかね！　ぼくの幸福にかけて誓う！　さあ、この手が証人だ」

日下部が自分の演技に陶酔《とうすい》するようにこちらに手を差し出してくる。

「もしこのぼくが、ずるずる競売へまで持ちこませたら、そのときこそぼくを、やくざとでも恥知らずとでも言うがいい！　ぼくの全存在をかけて誓うよ！」

「あなたは、なんていい人でしょう。伯父さま、なんて利口な！」

葵は日下部に抱きつくしぐさをして、続きの台詞を言った。

「やっと安心したわ！　わたし安心して、とても幸せ！」

続いて登場するフィールス役の志穂がこちらに向かいかけたとき、手を叩く音が聞こえた。

葵は正面に目を向けた。秋葉が台本を閉じている。

「もういい時間だ。今日はここまでにしよう」秋葉が台本を持って立ち上がった。

「えー、せっかくいい感じだったのに。せめてこの次のシーンだけやっておしまいにしようよ」

登場の機会を奪われた志穂が抗議した。

「先生もこれからやらなきゃいけないことがあるんだ」

今日の秋葉は様子がおかしい。いつもなら部員からせがまれたら付き合うのに。

体調でも悪いのだろうか。部活の最中もどこか上の空のように思えた。

「じゃあ、ちゃんと片づけして早く帰るんだぞ」秋葉はそう言うと教室から出ていった。

「日下部、どうしちゃったんだよ。あんな長台詞をよく覚えられたな」涼子が満面の笑みで日下部に歩み寄っていく。

「いやあ、途中でちょっと空白になっちゃったけど、大山さんのおかげで思い出せました」

「気持ちも入っててすごくよかったよ」

「ホント。見直しちゃった」

他の先輩たちも口々に日下部のことを褒めている。葵はその輪から離れ、鞄に台本をしまうと、「おつかれさまです」と告げて教室を出た。

なんだろう、この気分は。

日下部がまわりから受け入れられてよかったと思うが、すっきりしない。日下部と少し話したいと思っていたが、休み時間はいつも他の生徒に囲まれていて話しかけられなかった。部活でもそうだ。

ガーディアンの制裁が解かれたからといって、スイッチをオンオフするように、簡単に接しかたを変える人たちを見て嫌な気分になっている。

校舎を出ると、「葵ちゃん——」と声が聞こえた。葵は足を止めて振り返った。日下部がこちらに向かって駆けてくるが、待たずに歩きだした。

「待って」と追いついてきた日下部が息を切らしている。

「やっと話せる。ずっとお礼言いたかったんだけど、みんながいる前で電話でした話を出したらマズいと思って」

「別に気にしないよ。ガーディアンなんか怖くないから」葵は素っ気なく言った。

たとえみんなから無視されたとしても日下部に話しかける覚悟で学校に来たのだ。

「そうだね。結果的にガーディアンから許してもらえたけど、そうじゃなかったら……葵ちゃんがああ言ってくれてなかったら、おれ、どうにかなっちゃってたよ。本当に感謝してるんだ」

「どうして許されたの？」

「学校に行けない間、ひたすら詫びのメールを送ってたんだ。そのメールをガーディアンのメンバーに転送して許すかどうか審議したみたい」

「メンバーってどれぐらいいる？」

「わからない。でも、この学校のほとんどだと思う。葵ちゃんはメンバーに入らないの？」

「日下部くんのことがあって、さらに入る気になれなくなった」

「制裁を受けたのはおれが悪いことをしたからだよ」

その言葉を聞いて、葵はじっと日下部を見た。

「わたしは日下部くんが悪いことをしたとは思ってない。だから味方になることにしたの。八巻さんって人の肩を持つ気なんか全然ないけど、だからといってガーディアンがやってることが正しいとは思えない」

「まあ、メンバーになるのもならないのも個人の自由だから……」

それからしばらく無言で歩いた。

「ところで、葵ちゃんってこのあたりの小学校じゃないよね」

ふいに日下部が言い、葵は頷いた。

「どこだっけ」日下部が訊いた。

「千住にある南部第一」

「小学校からの友達がいなくて寂しくない？」

「別に」

「葵ちゃん、親友っている？」

どうして急にそんなことを訊くのだろう。

「いや……おれ、友達はたくさんいるけど親友って呼べるやつがいるのかなって。今回のことでつくづく感じちゃってさ」

「前の学校でひとりいた」

「へえ、羨ましいな。男？　女？」

「真理っていう女の子。でも、もう親友じゃない。だから日下部くんと同じ」

「どうして？　喧嘩でもしちゃったの？」

「みんな、変わっちゃうんだ。どんなに仲がよくても、どんなに信用してても、変わるときは変わっちゃう」

そうだ。葵が有名になってみんな変わってしまった。それまで一緒にふざけていた友達は急によそよそしくなって、逆にそれまで特に仲良くなかったクラスメートが、自分が一番の友達だと言ってくるようになった。友達だけじゃない。母親も、事務所の人たちも、有名になると葵を持ち上げた。そして芸能活動を休止すると言ったとたん、みんな離れていった。

今までのことを思い出しているうちに、どうして嫌な気分になったのかがわかった気がした。誰も日下部のことを本当に心配してはいないのだ。葵が芸能人としてしか見られていなかったように、誰も葵の気持ちを考えてくれなかったように。だからこそ、簡単に無視したり、逆に仲のいい素振りができるのだろう。

「おれはちがうよ」

その声に、葵は目を向けた。日下部がじっと葵を見つめている。

「おれは絶対に変わらない。これからどんなことがあっても、葵ちゃんに対する気持ちは絶対に変わらない」

その言葉を信じたいが、半分ぐらいに思うようにして「ありがとう」と言った。

「おれ、明日からしばらく部活に出られないんだ」

「どうして？」

「今回試験を休んじゃったから、親にすごく叱られてさ。しばらく勉強に専念しろって言われて」

「そうなんだ。大変だね」

寂しい。

「だから今日中に感謝の気持ちを伝えておきたくてさ」

日下部は照れたように頭をかきながら言うと、急に「じゃあ！」と叫んで駆けだした。

28

「それでは先週配った三者面談のプリントを回収します。みんなちゃんと持ってきたかな」

佐久間の言葉を聞いて、優奈は鞄からプリントを取り出した。前の席の生徒に渡し、回してもらう。佐久間はプリントを集め、挨拶を終えると教室から出ていった。すぐに鞄を持って絵里加が寄ってくる。

「どうだった？」絵里加がすぐに訊いてきた。

六時間目の英語の授業で、九科目すべての答案用紙が返された。

「まあ、普通って感じかな。絵里加は？」

「理科がちょっとヤバい」絵里加が顔をしかめた。

「でも、私立を狙うんだったらあまり関係ないでしょ」

「そりゃそうなんだけど。最近親がね、やっぱり公立も受けたらって言うの。うちのパパリンの会社も景気がいまいちみたいでね」

「絵里加だったら陸徳でもじゅうぶん狙えるんじゃない。わたしも候補に入れてるんだ」

「でもあそこ、制服がダサいじゃん。ね、これからマックに行かない？　理科でバッったところ教えてもらいたいし。ジュースごちそうするから」

「いいよ、行こ」

優奈は鞄を持って立ち上がると絵里加と教室を出た。階段を下りて玄関に向かっている途中で、「山岸《やまぎし》――」と絵里加が声をかけられた。

立ち止まって振り返ると、秋葉が絵里加に向かって手招きしている。

「ちょっと待ってて」絵里加がそう言って秋葉のもとに向かった。

いったいなんだろう。絵里加の表情が引きつっているように思える。何度も首を振っていた絵里加がようやくこちらに戻ってきた。

「どうしたの？」

優奈が訊くと、絵里加が「あとで」と言って手を引っ張った。

「ヤバいな」

校門を出てしばらく歩いたところで、絵里加が言った。

「ヤバいって、何があったの？」

「別にわたしがヤバいわけじゃないんだけど……秋葉からガーディアンのことを訊かれた」

その言葉に動揺した。

自分の不安を絵里加に悟られないよう、「うっそー、ちょーヤバヤバじゃん。どうして絵里加にそんなこと？」と大げさに言った。

「わたし、一学期に制裁を受けたじゃない」

絵里加はテニス部に所属していたが、言うことを聞かない後輩を叩いてしまい、それをいじめだと告発された。

叩いたのはたしかによくないが、後輩のためを思ってのことだと知っていたので、絵里加に制裁を下さないようメンバーに相談した。だが、それは優奈しか知らないことだと却下された。もしそれで絵里加に手心を加えれば、優奈がガーディアンの中心メンバーだとばれるきっかけになると。ガーディアンは中立で公正でなければならない。一週間ぐらい学校に行けなくなってもどうってことないよとアポロンにたしなめられ、優奈は受け入れるしかなかった。

絵里加に遠慮なく自分のことを無視していいと言われ、優奈は自分の不甲斐なさに泣きたくなった。絵里加がクラスメートから無視されていたときも、その後一週間ほど学校に来られなくなった間も、優奈はラインで連絡を取り合っていた。

「どうして一週間も学校を休んだんだって訊かれた」

絵里加の言葉に、優奈は「それで？」と先を促した。

「体調不良って言ってごまかしたよ。それでもしつこくいろいろと訊かれた。ガーデイアンという名前を聞いたことがないかって」

秋葉はどこで聞いたのだろうか。どこまで知られているのか不安になった。

「やっぱ、ガーディアンに報告したほうがいいかな」

絵里加の声に、優奈は我に返った。

「そうだね……あっ、ごめん。今日お母さんに頼まれごとがあったのを忘れてた」

「えー？」

「ほんとごめん。明日教えるよ。お詫びにわたしがジュースおごるから」

次の交差点で残念がる絵里加と別れ、優奈は区立図書館に向かった。

閲覧室に座るとスマホを取り出した。ラインを開く。

『さっきクラスメートの絵里加が、秋葉先生からガーディアンのことを訊かれたって』

優奈はメッセージを流した。しばらくするとアテナから『マジで？』と返ってきた。

『ヤバいっすね。どうしましょう？』と、ヘルメスからのメッセージが流れる。

『考えてることがある』

アポロンからの返事に、優奈はすぐに『何？』と返した。

29

「それではお先に失礼します」

秋葉がまわりにいる辻と佐久間に声をかけると、ふたりが「おつかれさまです」と返した。

職員室を出る前に、秋葉はもう一度「お先に失礼します」とまわりの教師たちに言ってドアを開けた。玄関に向かっていると、蓮見がこちらに歩いてきた。

「今日は早いんですね」

蓮見に言われ、秋葉は「ええ」と頷いた。

「これから情報収集です。ガーディアンの」

秋葉が言うと、蓮見が表情をこわばらせた。

「まだお仕事が残ってますよね。できれば少し蓮見先生にお訊きしたいことがあるんですけど」

「でしたら、わたしも今日はこれで上がることにします。校門で待っていただけますか」

「わかりました。無理を言ってすみません」秋葉は頭を下げて玄関に向かった。

る。

校門の外で五分ほど待っていると蓮見が現れた。駅に向かってふたりで歩く。

「わたしに訊きたいことって……」

秋葉は鞄から一枚の紙を取り出し、蓮見に渡した。蓮見が歩きながら紙に目を向ける。

「昨年の二学期から今まで五日以上休んだ生徒をメモしました」

昼休み中に出席簿を確認した。

「二十二人います。今年卒業した生徒が五人。現在の三年生が十一人。二年生が六人です。ぼくは卒業生のことを知りませんし、今いる生徒も以前の様子はわからないので教えてほしいんです」

「ちょっと時間のかかりそうなお話ですね。この後はどういうご予定ですか？」蓮見が訊いた。

「八時から友人と約束していますが、遅らせてもらうことはできます。どこか喫茶店にでも入りましょうか」秋葉が言うと、蓮見が頷いた。

喫茶店の外で蓮見と別れ、秋葉は来た道を急いで戻った。

少し歩いたところにあるビルに入り、エレベーターで二階に向かった。『開難《かいなん》予備校』と大きなプレートが掲げられたドアを押して中に入り、目の前のカウンターに向かう。

「秋葉と申しますが、園原さんをお願いします」

受付の女性が奥の部屋に入っていき、すぐに園原が出てきた。

「遅くなってすまない。おまえも忙しいだろうに」

秋葉が詫びると、園原が満面の笑みで「いいって。おまえの頼みならいつでも大歓迎だ」と返した。昨日、予備校の見学がしたいとメールしたことで、転職に前向きだと勘違いさせたかもしれない。

「さっそく授業風景を見学してみるか？」

カウンターから出てきた園原に言われ、秋葉は頷いた。

「ただ、うちの生徒たちにはおれが来たことを知られたくない」

「わかってるって。学校に転職活動が知れちゃ、ことだもんな」園原が秋葉の肩を叩いて歩きだした。

「うちの学校の生徒は何人ぐらい通ってるんだ」

「さっき調べてみたら四十二人だ」園原がドアの前で立ち止まった。

秋葉はドアにある小窓を覗いた。正面に見える講師が黒板に英文を書いている。十人ほどの生徒が授業を受けていた。生徒たちはこちらに背を向けているが、半分近くが石原中の制服だ。秋葉のクラスでは常盤がいる。ダンスがうまく、まわりの女子から一目置かれている生徒だ。

「あとで講師のかたから話が聞きたいな」

「わかった。あと十分ほどで授業が終わるから応接室で待とう」園原が受付に足を向けた。

先ほど園原が出てきた部屋に入った。応接室になっていて、なかなかセンスのいいソファや家具が置かれている。

「すごいな。ソファに座っただけで儲かってるのがわかる」秋葉は室内を見回しながら言った。

「見学に来た保護者に見栄を張ってるだけさ」

「張れるところが羨ましい」

「おまえもなろうと思えばなれるよ。おれも数年前までは予備校の一講師だった」

ふかふかなソファにもたれながらそんな自分を少し想像していると、ノックの音がした。

「どうぞ」園原が声をかけると、ドアが開いた。

先ほどの英語の講師が入ってきたので、秋葉はソファから立ち上がった。

「こちら、石原中の先生でぼくの友人の秋葉さんです」園原が立ち上がりながら言った。

「お忙しいところ申し訳ありません。秋葉です」

「講師の米沢《よねざわ》です」

「講師から話が聞きたいそうなのでお話ししてください」

米沢が園原の隣に行き、秋葉と向かい合う形で座った。

「どのようなことをお話しすればいいんでしょうか」米沢がそう言って隣に目を向けた。

「予備校の講師がどういうものかっていうのを聞きたいんだよな？」

園原がこちらに目を向けてきたが、秋葉は「石原中の生徒のことについてお訊きしたいんです」と言った。

「授業中の私語などはないでしょうが、休み時間にどんな話をしているか知りたいんです。うちの生徒たちからガーディアンという言葉を聞いたことはありませんか」

「何ですか、それは？」米沢が訊き返してきた。

「わたしもはっきりとはわからないんですが……うちの生徒たちの間で流行っているゲームなのかもしれません。その言葉を聞いたことは？」

「どうだろう……」米沢が考え込むように唸った。

秋葉は鞄から先ほど蓮見に見せた紙を取り出して、米沢の前に置いた。

「この中にこちらの生徒はいないでしょうか」

そう言うと、米沢が前のめりになって紙を見つめた。園原も怪訝な表情のまま隣から覗き込む。

「たぶんこの、三年の水戸聖也《みとせいや》くんはうちの生徒だと思います。鼻の横にほくろがある生徒じゃないですか？」紙を指さしながら訊いてきた米沢に秋葉は頷いた。

水戸聖也は六月十三日から十日間学校を休んでいた。

「六月の半ば頃、予備校を休んでいませんでしたか？」秋葉は訊いた。

「たしかにしばらく休んでいた時期がありましたね。風邪をこじらせたとか……」

米沢がそこまで言って、何かを思い出したように目を見開いた。

「そういえば……ガーディアンという言葉を聞いたことがあります」

秋葉は身を乗り出した。

「水戸くんが欠席してるとき、他の生徒たちがガーディアンがどうのこうの……と」

「詳しい内容は覚えてらっしゃらないですか？」

秋葉が言うと、米沢が思い出すように両手を組んで唸った。

「たしか……しょうがないよ、とか、いったい何をやったんだろう、とか、そういうようなことを言ってたと思います」

「他に何か？」

「いえ……それぐらいしか」

「そうですか。ありがとうございます」

「他に訊きたいことはあるか？」

園原に訊かれ、秋葉は「いや、ありがとう。これで大丈夫だ」と答えた。

「ありがとうございます。それでは授業に戻ってください」

園原に言われ、米沢が立ち上がった。秋葉がもう一度礼を言うと、会釈を返して応接室を出ていった。ドアが閉まると園原にじっと見られた。

「どういうことか説明してくれるよな」

秋葉は頷いた。

「おまえに勘違いさせてしまったかもしれない。すまない。うちの学校で起こっていることを調べたかった」

「ガーディアンっていったい何なんだ」

「これからする話は誰にも黙っていてほしいんだが……」

「おれはそんなに口が軽かったか？」

「いや、信用しているからここに来ることにした。うちの学校には生徒たちの自警団みたいなものがあるんじゃないかと思っていて……」

「自警団？」園原が眉をひそめた。

「そうだ。おれは今年から入ったから知らないが、うちの学校はかなり荒れてたそうだ」

「らしいな。おれも講師から聞いて心配してた。おまえは平和なもんだって言ってたけど、強がりだったんじゃないかって」

「今は本当に平和だ。いや、平和に見える。去年の二学期の頃から急に問題を起こす生徒が減っていったそうだ。ただ、代わりに不登校になる生徒が増えた。不登校といってもだいたい一週間から二週間ぐらいしてまた学校にやってくるんだけどな」

「もしかしてこのリストがその不登校の生徒か？」

目の前の紙を指さした園原に、秋葉は頷いた。

「昨年の二学期から今まで五日以上休んだ生徒だ」

「こんなにいるのか」園原が驚いたように言った。

「ある保護者が息子のラインを見たときに会話の中にガーディアンという言葉があったそうだ」

秋葉はそれまでに知り得たことと自分が感じたことを園原に話した。

「他の教師にそのことは？」園原が訊いた。

「まだ話してない」

「どうして」

「証拠もないのにこんなことを話してもきっと受け入れてもらえないよ。やってきてすぐの教師がいきなりそんなことを言ったら反感を買うだろう」

「じゃあ、どうするんだ。これから」

園原に訊かれ、秋葉は「わからない」と首を振った。

だが、このまま放っておくわけにはいかない。それに自分ひとりでどうにかできる問題でもない。やはり、明日学校に行ったら校長に話しておいたほうがいいだろう。

30

制服に着替えて台所に行くと、絢斗《けんと》がまだ朝食を食べている。

「絢斗、そろそろ行かないと遅刻しちゃうぞ」

赤塚颯太《そうた》が声をかけると、絢斗は皿に残っていたパンを口に入れて立ち上がり、こちらに駆け寄ってきた。

「行ってきます」母親に言って絢斗と一緒に家を出た。

「お兄ちゃん、今日は帰ったら何して遊ぶ？」絢斗が訊いてきた。

「そうだなあ……何したい？」

「ドラキューカード」

小学校低学年の子供たちに流行っているカードゲームだ。自分がやってもとても楽しめるものではないが、颯太は「わかった」と頷いた。絢斗にはなるべく外で遊ぶなと言い聞かせている。同級生と遊びづらくさせてしまったせめてもの罪滅ぼしだ。

小学校が近づいてくると、子供たちの姿が増えてきた。クラスメートの男の子が絢斗に声をかけて一緒に歩いていく。

ここまで来たら大丈夫だろう。

「じゃあ絢斗、お兄ちゃんは中学校に行くからな」

声をかけると、絢斗が「うん」と頷いた。

「友達と仲良くするんだぞ。あと学校からの帰りは……」

「みんなと一緒に家に帰る」

「よし。じゃあ行ってこい！」

絢斗とクラスメートとハイタッチをして送り出し、颯太は踵《きびす》を返した。小学生たちの流れに逆らって中学校に向かうとポケットの中で振動があり、スマホを取り出した。ガーディアンからメールが入っている。メールを開き、思わず「マジかよ」と声を上げた。

『秋葉先生に制裁を下す。武藤よりもさらに大きなダメージを期待します』

まわりを歩く石原中の生徒たちの様子を窺うと、すでにメールを確認したようで表情がひきつっている。

すぐ先の横断歩道の手前に秋葉が立っているのが見えた。よりによって今日はあそこの当番なのかと溜め息が漏れた。秋葉は旗を掲げながら生徒たちに「おはよう」と声をかけているが、みな視線を向けずに無言のまま渡っていく。目の前まで来たときに信号が点滅した。赤信号を待っている間に話しかけられたら無視しようがない。

颯太は「待て」という秋葉の制止を無視して横断歩道を駆け足で渡った。

学校に着いて教室に入ると、クラスメートたちがガーディアンのメールの話でもちきりになっている。席に着くと隣の席のアキラが「メール見たか?」と声をかけてきた。

「ああ。最悪だな」

「よりによって担任に制裁が下るとは……」アキラが落胆の言葉を吐いた。

それはそうだ。進路の相談をしたり、内申書に響くかもしれないこんな時期に担任を無視しろというのは何とも無茶な要求だ。さらに最悪なことに、今日の一時間目は英語だ。秋葉は何をしてガーディアンの逆鱗《げきりん》に触れてしまったのだろう。

チャイムが鳴り、生徒たちが席に着いた。もうすぐ秋葉がやってくるが、みな雑談をやめない。

ドアが開いて、秋葉が教室に入ってきた。通学指導のときにすでに何かを感じ取ったのか、生徒に「おはよう」と声をかける表情が浮かない。

教卓の前に行くと秋葉が視線を止め、折鶴をつまみ上げた。生徒たちは雑談を続けている。颯太は息を吸い、アキラが言ったくだらない冗談に大声で笑った。

「はい、静かに」秋葉が手を叩いて注意するが、誰も私語をやめない。

自分のときのことを思い出し気が引けたが、おしゃべりをやめるわけにはいかない。

「静かにしろと言ってるだろう!」

その激昂《げきこう》をかき消すように、教室中が喧騒に包まれる。

横目で見ると、秋葉が戸惑い、徐々に怯《おび》えていくのがわかった。

31

「秋葉先生ってヤバいよな。まさかあんな先生だとは思わなかった」

男子生徒の声が聞こえ、蓮見は歩きながら目を向けた。目が合った生徒が聞こえよがしに隣の生徒に言う。

「ホント。風俗行きたいなら錦糸町じゃないとこ行けよな。しかも女子高生のイメクラだぜ」

蓮見はその言葉を背中越しに聞きながら職員室に向かった。午前中はどのクラスでも、蓮見が教室に入ってしばらく生徒たちの私語が続いた。秋葉を中傷するような言葉だ。おそらくすべての教室で同じような光景が繰り広げられていたのではないか。

職員室に入ると、三年生の担任の席を見た。秋葉しかいない。憔悴したようにうなだれて机を見ている。蓮見は自分の席につき、それとなく職員室の様子を窺った。昼休みはいつも教師間で会話に花が咲くが、今日は重苦しい沈黙が流れている。誰も秋葉に近づかない。

昼休みの終了時間が近づき、教師たちが次々と立ち上がり職員室を出ていく。蓮見も立ち上がったが、秋葉はまだ席についたままだ。他の教師がいなくなったのを確認すると、蓮見は秋葉に近づいた。

「秋葉先生、大丈夫ですか？」声をかけると、秋葉がこちらに顔を向けて溜め息を漏らした。

「虎の尾を踏んだみたいです」

蓮見は首をかしげた。

「蓮見先生がおっしゃったとおり、生徒たちによる自警団は存在します」秋葉がこちらをじっと見つめながら小声で言った。「今までは一部の生徒たちだけが関与しているのだと思っていました。でもそうではないと思い知らされました。この学校の生徒全体がガーディアンです」

「生徒たちの噂は嘘なんですね？」

秋葉が頷いた。

「おそらくガーディアンのことを嗅ぎ回ったので制裁しようというのでしょう」

「以前にも似たようなことがありました」

そう言うと、秋葉が眉根を寄せた。

「武藤先生が授業中に女子生徒にセクハラしたと噂が広がり問題になりました」

「もしかしてそれでサッカー部の顧問を……」

蓮見は頷いた。

「わたしが変なことを言ってしまったばかりに……申し訳ありません。これ以上深追いしないほうがいいです。秋葉先生の今後にも影響してしまいます」そう言って頭を下げた。

「そんなわけにはいきません」

その声に、蓮見は顔を上げた。秋葉は険しい表情で席を立つとドアに向かった。

32

手を叩く音が聞こえたが、みんな秋葉の制止を無視して芝居を続けている。演技中だったが、葵は気になって秋葉を見た。疲れ切った顔で台本を閉じると秋葉が立ち上がった。

「おれは職員室にいるから何かあったら言ってくれ」

秋葉が声をかけても、誰も返事をせずに芝居を続けている。ドアが閉まる音が聞こえ、ようやくみんなが芝居を止めた。

「やっと行ってくれた」涼子が安堵するように言い、顔の汗をぬぐった。

「さすがに顧問を無視し続けるのはきついね」

志穂の言葉に、みんなが頷き合っている。涼子がこちらに目を向け、近づいてきた。

「バッチと話しちゃだめだよ」

一日学校にいれば秋葉に制裁が下されたことはわかったが、しかたないじゃないか。日下部は秋葉にしばらく部活を休むことを伝えていなかった。涼子たちは知っていたが秋葉の問いかけに無視し続けていたので、葵が代わりに伝えたのだ。

「日下部くんのときのようにですか？」

若干の反発をこめて葵が言うと、涼子が返す言葉がないというように肩をすくめた。どうせ制裁が解かれた瞬間、「秋葉せんせー」とすり寄っていくにちがいない。

「バッチの制裁が解除されるまで、わたしたちも部活に出ないほうがいいんじゃないかな」

その言葉に、涼子が志穂に目を向けた。「そうだね」と同調する。

「演劇コンクールはどうするんですか？　もっと練習しないとてもじゃないけど……」

「しょうがないでしょ！　ガーディアンには逆らえないんだから」

葵の言葉を涼子が大声で遮った。

「明日からしばらく部活は休み。今日もこれで解散しよう。疲れた……」

葵は鞄を手に取ると何も言わずにそのまま教室を出た。

つい昨日まで演劇コンクールに出ることを目標にしていたのに、ガーディアンの言いつけのために放棄するなんてあまりにも馬鹿げている。苛立ちながら校舎を出て校門に向かっていると、秋葉の背中が見えた。歩調を緩めて近づかないようにするべきかと迷ったが、思い直して秋葉に駆け寄った。

「先生、おつかれさまです」

声をかけると、秋葉がこちらに顔を向けた。意外そうに葵を見て、黙っている。

「早いんですね」葵が言うと、ひきつったような笑みを浮かべた。

「学校にいても仕事になりそうにないから家に持ち帰ることにした」

他の先生たちも秋葉を守ってくれないのか。

「おれと一緒にいたら大変なことになるんじゃないのか」秋葉が弱々しく言った。

「慣れてますから」そう言って秋葉と一緒に校門を抜ける。

「さっき、日下部はしばらく部活を休むって教えてくれたけど、理由は何なんだ？」

「親からしばらく勉強に専念しなさいと言われたそうです」

「そうか……おれには伝えてくれなかった」秋葉が寂しそうに言った。「大山はガーディアンというのを知ってるか？」

ふいに秋葉に訊かれ、どう答えるべきかと悩んだ。

「すまない。無理に話すことはない」

「噂では……」

葵が答えると、秋葉がじっとこちらを見つめてきた。

「大山は強いな」秋葉が笑った。

「そうでもありません」

自分は強くなんかない。むしろ人よりもずっと脆《もろ》い。

「その存在をどう思う？」

「わたしにはわかりません。メンバーじゃないから。でも、ガーディアンのおかげでこの学校は平和なんだって言ってる生徒もいます。特に二、三年生が。わたしたちが入る前はずいぶん荒れてたみたいですから」

「どうやったらメンバーになれるんだ？」

「この学校に入ってすぐに、メールアドレスが書かれた紙が回されてきました。そこにメールするとメンバーに登録されるんです」

秋葉が上着のポケットに手を入れて何かを取り出した。折鶴だ。

「朝、教卓に置いてあった」

「制裁の合図です」葵が言うと、秋葉が大きな溜め息を漏らした。

「これを置かれたらまわりから無視されるというわけか。先生の場合は違ったけど」

葵は頷いた。

「知っているのはそれぐらいです。ごめんなさい」さすがに日下部のことまでは言えない。

「いや、ありがとう。数日前までこの学校は平和だと感じてたけど、それはかりそめだったってことか」

「この学校の先生は楽でいいですよね」思わず皮肉を漏らした。

「楽したいと思う人間は教師にはならない。いや、なっちゃいけないと思ってる」

「じゃあ、わたしは教師にはなれないな」

「そうかな。おれは大山みたいな人にこそ教師になってもらいたいけど」

「どうしてですか」

「弱い立場の人間に寄り添えるから」秋葉がそう言って微笑みかけてきた。

33

喧騒にまぎれて、ようやくチャイムの音が聞こえた。

「じゃあ、今日の授業はここまで。何か質問はあるか?」無駄だと思いながらも秋葉は訊いた。生徒たちは何の反応も返さず、おしゃべりを続けている。

秋葉は溜め息を押し殺しながら教室を出た。階段に向かっている途中、立ちくらみがして壁に手をついた。

ぼろぼろだ。まるでボクシングのリングに立たされているみたいだ。だがこちらはラウンド間のインターバルもなく、五十分間殴られっぱなしだ。教室から生徒たちが出てくるのを見て壁から手を離した。冷ややかな視線と自分を中傷する囁き声にさらされながら足早に職員室に向かった。

職員室に入り、自分の席に向かう。三年生の教師の席には誰もいない。椅子に座ると我慢していた溜め息が漏れた。休み時間は十分だから直接次の教室に向かうのだと普段は思えるが、今では自分が避けられているのだと被害妄想が膨らむ。

この二日間、職員室で自分に話しかけてきたのは蓮見だけだ。自分から誰かに話しかけても、あきらかに話したくなさそうな態度をとられる。今、ガーディアンの存在を話しても、荒唐無稽な言い訳だと捉えられてしまうだろう。

教師が自分の学校の近くにある風俗に通っていた。しかも女子校生の制服を売りにしている店に――。

そんな噂を広められたら、他の教師の冷たい態度も理解できなくもない。だが、心は折れそうになる。蓮見にデマだとわかってもらえていることだけがせめてもの救いだ。

秋葉は茶を淹れて自分の席に向かった。椅子に深くもたれ、ぬるい茶をすする。次の時間は授業がないが、この一時間で自分の気力が戻るとはとても思えなかった。

「秋葉先生――」

後ろから呼ばれ、秋葉は振り返った。校長が立っている。

「次の授業はありませんか」

校長に訊かれ、秋葉は頷いた。

「ちょっと来ていただけますか」

例の話だろう。ちょうどいい。生徒たちの騒ぎでそれどころではなくなり、けっきょくガーディアンの話をしていない。秋葉は立ち上がり、校長と一緒に職員室を出た。校長室に入ると手でソファを示され秋葉は座った。校長が向かいに座る。

「どのような話かおわかりですよね」

校長に問いかけられ、秋葉は頷いた。

「プライベートなことに口を挟みたくはないのですが、生徒たちの信頼を失う行動は慎んでいただきたいですね」

きわめて穏やかな口調だったが、こちらを見つめる眼差しには棘《とげ》のような鋭さを感じた。

「わたしは生徒たちが噂しているような店には断じて行っていません」

「では、どうしてそんな噂が流れるんですか？」

「生徒たちから制裁を受けたんです」

秋葉が言うと、校長が怪訝そうに首をかしげた。

「この学校にはガーディアンという生徒たちによる自警団が存在します」

「おっしゃっている意味が……」

「生徒たちは独自のルールに基づいて、問題を起こす生徒を学校に来られなくさせているんです。制裁という名のもとに、生徒全員で無視して」

じっとこちらを見つめていた校長が大仰に溜め息を漏らし、顔を伏せた。

長い沈黙の後、ようやく校長が顔を上げた。

「生徒の誰かがそんなことを話していたんですか？」

大山の名前を出すわけにはいかない。もし教師が生徒に聞き取りなどをすれば、今度は大山が制裁を下されるだろう。

「いえ」

「そうですか……戻っていただいてけっこうです」校長がそう言って立ち上がった。

信じていないのだろう。秋葉は落胆しながら「失礼いたします」と頭を下げ、校長室を出た。

廊下を歩く武藤の背中が見えた。

「武藤先生――」

秋葉は呼びかけたが、武藤は無視して歩いていく。校舎を出て体育館に続く渡り廊下で、武藤の肩をつかんだ。

「ちょっと話をさせてください」秋葉は武藤の前に回り込んで言った。

「何かな、忙しいんだけど」

「武藤先生も気づいてるんじゃないですか?」

秋葉が言うと、武藤が仏頂面のまま首をかしげた。

「得体の知れない存在に嵌《は》められたと」

「嵌められた?」武藤の眼光が鋭くなった。

「体育の授業で女子生徒にセクハラしたと噂を立てられたそうですね。それが原因でサッカー部の顧問をやめさせられた」

「秋葉先生、何を言ってるんですか。わたしは別にやめさせられたわけじゃありません。事情があってしばらく顧問を離れることになっただけです」

「本当にそんなセクハラをしたんですか。してないんじゃないですか。ぼくと同じように生徒たちに陥れられただけじゃないんですか」

「セクハラなんかしてないと言ってるでしょう。そんな噂も立っちゃいないし、いったい誰がそんなことを言ったんですか」武藤が怒りをあらわにした。

蓮見の名前は出せない。

「本当のことをおっしゃってください。武藤先生はガーディアンの存在に気づいているんじゃないですか」ふたりで行動すれば問題を解決できるかもしれません」

秋葉は両肩をつかんで訴えた。

は！」と、その手を振り払った。

「生徒たちによる自警団です」

「そんなものあるわけないでしょ。いいかげんにしてください！　生徒たちから変なことを言いふらされたからといって勝手に仲間にしないでほしい」

武藤は憤然として言うと、秋葉に背を向け早足で歩いていった。

おそらくガーディアンの圧力に屈したのだろう。ガーディアンについて口を開けば、ふたたび標的にされると。他の教師に話しても、おそらく校長や武藤と同じような反応だろう。蓮見以外に協力してくれる人はいなそうだ。だが、蓮見に頼っていると彼女もいわれのない中傷にさらされてしまうかもしれない。

どうすればいいだろうか。何とかしてガーディアンの正体をつかまなければならないが、味方はひとりもいない。いっそのこと、そんなことをやめてしまえば自分への制裁はやむだろうか。それが教師として最悪な選択だとしても。

渡り廊下から校舎に入り考えていると、ひとつ閃きがあった。

下田は昨年の六月から三ヵ月ほど胃の病気で休んでいる。それだけの長い期間休むということは、臨時採用教員がいたのではないか。この学校に染まっていない教師なら、何か有益な話が聞けるかもしれない。

秋葉は有楽町《ゆうらくちょう》駅の改札を出て、新橋《しんばし》方面に向かって歩いた。JRの線路脇を進むと店前に置かれた大きなワイン樽が見えた。

以前の学校の教師仲間にメールを出しまくり、昨年石原中にいた臨採教員の情報を求めた。五年ほど前に一緒に働いたことのある楠木《くすのき》という男がそうであることがわかり、連絡先を教えてもらった。秋葉からの電話に出た楠木はひどく驚いていたが、急ぎで会いたいと頼むとあっさり了承してくれた。

店に入ってあたりを見回す。ほとんどの席が埋まっているが楠木の姿がない。あんなに目立つ体軀《たいく》を見逃すはずがないので、まだ来ていないのだろう。店員に声をかけようとしたときに、秋葉を呼ぶ声が聞こえた。カウンターの一番奥の席に座っていた楠木が窮屈そうに立ち上がった。生徒たちからチャンコとあだ名されていたあの頃より、さらに腹回りが広がったように思える。秋葉は楠木のもとに向かった。

「テーブル席はいっぱいらしいです」楠木が愛嬌のある笑みを浮かべて言った。

「突然呼び出してすみません」

「いやあ、最初はびっくりしましたけど、ぼくもひさしぶりに秋葉先生と話したかったですし。いつも教育論を熱く語られていて尊敬してましたから」

楠木とは他の教師も交えて三、四回ほど飲みに行ったことがある。

秋葉は楠木の隣に座り、店員にビールと数品の料理を頼んだ。ビールが運ばれてきて一口飲むと、「その後、どうです？」と楠木に訊いた。

楠木は臨時採用教員をしながら正規の教員を目指していた。たしか自分よりも三つ年下だったと記憶しているから三十二歳になるだろう。

「なかなか難しいですね。あいかわらず臨採としてあちこちさまよってますよ。秋葉さんは今どちらに？」

「錦糸町にある石原中です。今年から赴任になって」

秋葉が言うと、楠木が表情を歪めた。

「そりゃ、大変ですね」

「荒れてるから？」

秋葉が訊き返すと、楠木が頷いた。

「実は、今はまったく荒れてないんです」

「そうなんですか？」楠木が信じられないというように言って続けた。「去年はけっこうなものでしたよ。特に二、三年生が。授業妨害なんかまだいいほうで、抜け出して体育館の裏で煙草吸ってるやつはいるわ、火災報知機を鳴らしたり廊下で花火をやったり、やりたい放題でした。ぼくが入ったときは重宝がられましたけど、勘弁してほしいって授業以外は関わらないようにしてましたね」

おそらくからだつきを見て不良たちの指導に当たらせようとしたのだろう。だが、楠木は相撲取りのようなからだつきとは裏腹に温厚でおとなしい性格だ。

「いじめなんかは？」

「ぼくがいるときには表立って問題になったことはなかったですけど、実際はあったでしょうね。あそこって生徒たちの要望や相談事を入れる投書箱があるんですよ。今もあるかどうかわかんないけど」

「今もありますよ」

「そうですか。昨年の七月だったか、かなり深刻な手紙が入っていたことがありましてね。『ぼくは卒業までに死ぬ。早く助けて』っていう匿名の手紙が」

初めて聞く話だ。

「その生徒は誰かわかったんですか？」

「先生たちもいろいろと手を尽くしてたみたいですけど、ぼくがいる時点ではわからなかったみたいですね」

自殺を図った生徒はいないので、その問題は解決されたということだろうか。それとも……

「生徒たちからガーディアンという言葉を聞いたことはありませんか」

「ガーディアン？　何ですか、それは」

「今生徒たちの間で流行ってるゲームみたいなものらしいんです」

「いや、聞いたことありません」

「教室で折鶴を見たことは？」

楠木がこちらを見つめながら首をひねった。

「折鶴を生徒たちが持ってるところや、どこかに置かれてるのを見たことはないですか」

「ないですね。中学生でも折り紙で遊んだりするんですか？」逆に訊かれた。

「そのガーディアンに必要なアイテムらしいんです」

「子供たちは次々と新しい遊びを考えますね。少なくともぼくがいるときにはそんな遊びをしている様子はなかったです」

「そうですか。石原中のときには二年生を担当してたんですよね」

「担任はいましたから。授業だけやってました」

「八巻創って生徒を覚えてますか。二年B組だった」秋葉が言うと、楠木が露骨に顔を歪めた。

「最悪でしたね」楠木がうんざりしたように言った。

「問題児だった？」

「ええ、そりゃ。当時の二年の中で間違いなく一番の問題児でした。もしかして秋葉さんが今受け持ってるんですか？」

「いや、ぼくのクラスじゃないけど。それに八巻は去年の九月頃からずっと不登校になってて」

「え？」楠木が驚いたように目を見開いた。

「理由に思い当たることはありませんか」

先ほどの手紙の話が引っかかっている。今、長期で不登校になっているのは八巻だけだ。もしかして手紙を出したのは八巻ではないだろうか。

「わかりません。いじめられるタイプではないでしょうから、家庭か本人の問題かな」

「彼と仲のよかった生徒に心当たりは？」

「同じクラスの松山と赤塚と……南、だったかな。そのあたりと一緒にいましたね。松山はサッカー部で活躍してたから、あんなのとつるんでて大丈夫かなって思いましたよ」楠木がそう言ってビールを飲んだ。

34

残りのパンを口に入れようとしたが、どうにも食欲が湧かない。

大雅は手に持ったパンをトレーの上に放って、食器とトレーを教室の前に片づけた。

教室を見回した。男子生徒のほとんどはさっさと給食を終えて遊びに出ている。残っているのは自分以外に女子ふたりだけだ。先ほどからアイドルの話で盛り上がっている。大雅は行く当てもないまま教室を出た。勉強は好きではないが、授業中は気が休まる。休み時間になると自分が孤独だと痛感する。ぶらぶらしているうちに図書室にたどり着いた。中を覗くと、三人の男子と四人の女子がいた。七人とも自分と馴染みのない生徒だ。みんな静かに本を読んだり勉強したりしている。大雅は安住《あんじゅう》の地を見つけたような気分で図書室に入った。

棚を眺めながら歩き、自分でも楽しめそうな本を探す。興味をひかれた村上春樹の本を手に取り、机に向かった。しばらく活字を目で追っていると、人の気配がした。顔を上げるのと同時に、目の前に秋葉が座った。

「何か？」大雅は怪訝に思いながら訊いた。

「いや……ちょっと話をしたかったんだけど、真剣に読んでるから声をかけづらかった」

秋葉はまわりを気にしてか、小声だった。

「追試ですか？」先週の期末試験の英語は38点だった。

「いや」

秋葉がそう言ってあたりを見回した。大雅もつられて見た。いつの間にか誰もいなくなっている。秋葉に話しかけられたら困ると思ったのだろう。二日前から生徒たちは授業中に秋葉にさされても無視し、休み時間には秋葉の悪口を言いまくっている。錦糸町駅近くの風俗に通っているという噂だが、本当かどうかはわからない。秋葉が何を言われようが自分にとってはどうでもいいことだが、武藤のことを思い出してしまい不愉快ではあった。

「テストの話じゃなければ何ですか」

「おれと話してくれるってことは、きみはガーディアンのメンバーじゃないのか？」

秋葉がじっとこちらを見つめて訊いた。

「何ですか、それ」

ガーディアンに義理などないが、かといって秋葉に答える義務もない。

「この学校を守る自警団だ。メールを介してメンバーを募り、問題のある生徒を排除してるらしい」

「そうですか。おれはスマホもパソコンも持ってないので」

大雅が言うと、秋葉が「そうか」と頷いた。だがその場から離れようとしない。

「まだおれに何か？」大雅は努めて素っ気なく聞こえるように言った。

「二年のとき、八巻と仲がよかったそうだね」

八巻の話になり不快な気分になった。

「それほどでも……」

「赤塚と南とよく四人でつるんでいたんだろう」

どうして今年入った秋葉が昨年のことを知っているのだ。誰かに聞いたのだろうが、何のためにそんなことを。

「八巻はどうして学校に来なくなったんだ？」

「さあ」大雅は首をひねった。

「不登校の理由を聞いてないか？　誰にも話さないから教えてほしい」

「本当に知りませんよ。別に仲がよかったわけじゃないし」

「彼の口からガーディアンという言葉を聞いたことはないか？」

「先生もしつこいですね。直接八巻に訊けばいいじゃないですか」

大雅が苛立って声を上げると、秋葉が諦めたように立ち上がった。ポケットから何かを取り出し、大雅が読んでいた本の上に置いた。単語カードだ。メールアドレスと電話番号が書いてある。

「何か話したいことがあったら連絡してくれ。もちろん友人のことじゃなくても、英語でわからないところや相談事でもいい」

秋葉がこちらに背を向け、ドアに向かっていく。

友人のこと、か。

大雅は冷ややかな思いで秋葉の背中を見つめた。

35

図書室を出た秋葉は廊下を歩きながら赤塚を捜した。

取りつく島もなかった南の態度に比べれば多少はマシだったが、松山からも情報を得ることができなかった。南と松山はクラスが違うが、赤塚は自分が担任だ。多少強引な手を使ってでも口を割らせたい。赤塚と南は八巻よりも一週間ほど早い時期に長期欠席をしている。ふたりは一週間ほどで学校に来るようになったが、その直後に八巻が学校を休み始め、そのまま今まで不登校になっている。

三人ともガーディアンの制裁を受けたのではないか。

手洗い場の前で荒木《あらき》としゃべっている赤塚を見つけ、秋葉は近づいた。

「赤塚――」

荒木からこちらに視線を向けた赤塚がぎょっとした顔になった。

「ちょっと話がある。進路相談室に来てくれ」

赤塚が動揺したように荒木と顔を見合わせる。

「どうした。早く来い」

秋葉が手招きすると、赤塚がまわりを気にしながらこちらにやってきた。

ふたりで進路相談室に向かう。ドアを開けて先に赤塚を部屋に入れた。秋葉はドアについた札を『使用中』に替えてから部屋に入った。所在なさそうに立っている赤塚を一瞥《いちべつ》してドアを閉めた。

「座ってくれ」

秋葉が椅子に座りながら言うと、赤塚が落ち着かなそうに向かいに腰を下ろした。

「最近、勉強の調子はどうだ？」

秋葉は訊いたが、赤塚は何も言わない。しきりにドアのほうを気にしているようだ。

「ガーディアンからおれを無視するように言われてるのか？」

声を落として言うと、赤塚がこちらに視線を向けた。

「だけどそれは利口な考えじゃないな。担任を無視してたら内申書に響くぞ」

こんな手は使いたくないが、こうなったらしかたがない。

「ガーディアンっていったい何ですか？」

ようやく口を開いた。とぼけているのが一目でわかるが、だんまりを決め込まれるよりはマシだ。

「赤塚は去年の九月三日から一週間学校を休んでるよな。理由は何だっけ？」

出欠簿の備考の欄には風邪と書いてあった。

「風邪です」

「ちょうどその日から同じクラスだった南も学校を休んでる。おまえと南は一週間後に登校してるが、その直後から八巻は学校に来なくなった。ガーディアンの制裁を受けたから学校に来られなくなったんじゃないのか」

「だからそのガーディアンって何なんですか」赤塚があくまでとぼける。「これぐらいの声でしゃべっているかぎり外には聞こえない」

そう言うと、赤塚がふたたびドアのほうに目を向けた。すぐにこちらに視線を戻す。

「おれは別に変な噂を流された恨みでガーディアンのことを調べているわけじゃない。制裁を受けたおまえに訊きたい。ガーディアンは必要なのか？」

赤塚がじっとこちらを見つめる。だが口を開かない。

「ガーディアンは本当に学校に平和をもたらしているのか。おまえたちを幸せにするものなのか」

赤塚の唇に力が入った。かすかな変化だ。

「おれはとてもそう思えない。どうだ？」

赤塚が目を伏せた。

「今のところこの問題を解決する糸口はおまえしかいない。知ってることを話してくれないか」

秋葉は両手を組み、少し前のめりになった。じっと見つめていると、視線を避けるように赤塚の頭がどんどん垂れていく。

「何があっても担任としておまえのことを守るから」

赤塚の肩がぴくりと跳ねた。

「おれは……何も知りません。ガーディアンなんて聞いたこともないし、八巻がどうして休んでいるのかも知りません……」

「そうか」

目の前で身を丸めている赤塚に言い、手を伸ばして肩を軽く叩いた。

「ありがとう。もう帰っていい」

赤塚が顔を上げると、秋葉はポケットから取り出した単語カードを渡した。

「何ですか、これ」赤塚が受け取った単語カードを見つめて言った。

「何かあったときのためだ。学校ではおれを無視しなきゃいけないだろうからクラスの生徒全員に渡そうと思ってる。おまえも何か訊かれたらただの進路相談だったと言っておいてくれ。これから昼休みに出席番号順で呼び出されると」

赤塚が小さく頷いた。単語カードをポケットに入れると立ち上がった。

背後からドアが閉まる音が聞こえ、秋葉は溜め息を漏らした。少し時間を置いてから立ち上がり、進路相談室を出た。

職員室に戻る途中、ポケットの中が振動した。携帯を取り出すとメールが届いている。メール画面を開き、すぐに携帯をポケットにしまった。職員室の前を通り過ぎてトイレに向かう。個室に入ると携帯を取り出してメール画面を見つめた。

件名は『Ｆｗ：ようこそ』となっている。転送メールだ。

秋葉はメールを開いた。

『これであなたはガーディアンの一員です。学校でのあなたの身の安全は保障されます。その代わりあなたはこれからガーディアンの指示に絶対に従わなければなりません。以下にガーディアンのルールを説明します。』

秋葉は画面をスクロールさせながら、文字を追った。

ガーディアンのルールについて記されたメールだ。

誰から送られてきたものだろう。

先ほど単語カードを渡した三人のうちの誰かだと思いかけたが、すぐに違うだろうと感じた。

二つ目に掲げられた項目で、ガーディアンからメールを受け取ったり、ガーディアンにメールを送ったら、すぐにそのメールを消去すること、とある。メンバーであるらしい赤塚と南はガーディアンから送られてきたメールをすでに消去しているだろう。松山はスマホもパソコンも持っていないと言っていた。

脳裏にひとりの女子生徒の顔が浮かんだ。

きっと大山だ。秋葉は携帯を操作して、『ありがとう』と返信した。

36

少し離れたところから男がこちらの様子を窺っている。警察か補導員だろうか。気を取られているうちに敵にやられてしまった。『GAME・OVER』の文字を見て、舌打ちしながら立ち上がる。

「八巻創くんだね」後ろから声をかけられ、創は振り返った。

「あんた、誰？」

「石原中の教師で秋葉です。今年赴任して三年A組の担任をしてるんだ」

違うクラスの先生がいったい何の用だ。

「佐久間先生からきみの話は聞いてる。同じ三年の担任として一度話がしたいと思ってね」

「そう。悪いけど先生の相手をしてるほど暇じゃないんだ」

「少しぐらいいいだろう。どうして学校に来ないんだ」

「何であんたに言わなきゃいけないんだ」

「来年うちに入る弟さんがいるんだろう。弟さんのためにも学校に来たほうがいいんじゃないか」

そんなことは言われるまでもなくわかっている。だけど自分が登校すれば、不登校の兄がいるという以上の辛い思いをさせるだろう。

「余計なお世話だ！」創は吐き捨てると秋葉から背を向け歩きだした。

「ガーディアンが関係してるんじゃないのか」

その言葉に思わず足を止めた。動揺を悟られないよう振り返ると、秋葉がじっとこちらを見ている。

「ガーディアンの制裁にあって学校に来られないんじゃないのか」

「何だよ、そのガーディアンっていうのは」とぼけたが、秋葉はこちらから視線をそらさない。

「うちの学校には生徒たちの自警団が存在する」

下田も担任の佐久間も気づいていないのに、今年赴任したばかりの秋葉がどうして知ってるんだ。

「ガーディアンに何をされて学校に行けなくなったんだ。まわりから無視されただけで不登校になるようなタマじゃないだろう」

「知らねえよ」

「おれは教師としてガーディアンを潰したいと思ってる。制裁の名のもとに生徒たちを不登校にさせる存在を許すわけにはいかない。ガーディアンについて知っていることを話してくれないか」

「知らねえって言ってんだろう！」創は苛立ちをぶつけ歩きだした。

話したところでどうにもならない。

そのことは自分が一番よくわかっている。

今まで担任だった蓮見も、辻も、佐久間も——。

特に三年間学年主任として自分の担当だった下田は最たるものだ。

先生に自分は救えない。

37

早足で歩いていくが、なかなか生徒の姿が見つからない。

七緒は不安を覚えながら角を曲がったが、やはり生徒の姿は目に入らない。さすがに今日は間に合わないかもしれない。

駆け足で進んでいくと、少し先のコンビニの前に石原中の制服を着た女の子が立っているのが見えた。自分だけじゃない。遅刻仲間がいた喜びを嚙み締めるのと同時に、あんなところに立って何をしているのだろうと不思議に思った。近づくと、女の子がこちらを向いた。彼女と顔を合わせて、七緒は驚きのあまり急停止した。

真凜だ。マスクをしていない。

「あいかわらず遅いね」真凜がぎこちない笑みを浮かべて言った。

ひさしぶりに見る真凜のえくぼに、体温が少し上がった気がした。

話したいことは山ほどあったが、今は学校に急いだほうがいいだろう。

「行こう」

七緒は早足で歩きだしたが、真凜はゆっくりとした歩調を崩さない。

「遅刻しちゃうよ」

「うん……先に行ってもいいよ」真凜が言った。

「わたしのこと待っててくれてたんでしょ」

真凜が頷いたのを見て、七緒は担任の蓮見から叱られる覚悟を決めた。七緒は歩調を緩め、一歩ずつふたり並んで学校に向かっていく。

「ごめんね。今まで無視して」

呟きが聞こえ、七緒は真凜に目を向けた。

「中学に入って仲の良かった人たちがみんな違うクラスになっちゃって……まわりももうグループができてて、なかなか入ってけなかった」

「うん」そのことに気づいていたのに、自分もクラスメートを優先してしまった。

「まわりから笑い声が聞こえてきても、わたしはひとりで……どんなふうに振る舞ったらいいかもわからなくて……マスクをしてないと落ち着けなくなった」

それでずっとマスクをしていたのか。

「そんなとき……」

「鷺坂高の人たちと知り合ったの？」

七緒が言うと、真凜が一瞬驚き、「知ってたんだ」と言った。

「ずっと心配だった」

「ゲームセンターで遊んでるときに声をかけられた。最初はいろいろ相談に乗ってくれたりして頼りになるお兄ちゃんみたいに感じてたけど、そのうち無理やりお酒を飲まそうとしたり、煙草を吸えって命令されたり……」

「やったの？」

「煙草はやってない。でもお酒は少し……怖くて……誰にも相談できなかった」真凜が苦しそうに唇を噛んだ。

「わたしも心配だったけど、なかなか声をかけられなかった。ごめん……」

真凜の目が潤んでいる。

「先生に相談してみようよ。一緒に行ってあげるから。もちろん今聞いた話は黙ってる」

七緒が肩に手を添えて言うと、真凜が「もう大丈夫だから」と首を横に振った。

「どういうこと？」

「もうあの人たちとはかかわらないで済む。だけど……」

「何があったの？」

「ごめん。七緒にもこれ以上は話せない。七緒もこのことは黙っておいて」

七緒は頷いた。

「ずっと誰も信じられないでいたけど、でもわたしのことを見ていてくれる人がいたんだ。わたしは誰かに守られてた」真凜がそう言って七緒の手を握ってきた。

そうだよ。わたしは真凜のことを見てたよ。そしてガーディアンが守ってくれた。

ありがとうございます。それに、今まで怖い存在だと思っていて本当にごめんなさい。

いくら想像を巡らせても顔は浮かばないが、七緒は心の中で何度もガーディアンに感謝した。

校門には誰もいなかった。遅刻してしまったが、少し晴れやかな気持ちで校門を抜けた。玄関で靴を履き替えていると、後ろから呼びかけられた。真凜とともに振り返ると、スーツ姿の男が立っている。背が高くて穏やかそうな人だ。

「職員室はどこかな？」男が微笑みかけながら訊いてきた。

「そこを右に曲がったところです」

七緒が指をさして説明すると、男は「ありがとう」と丁寧に言って歩きだした。来客用のスリッパに履き替えて職員室のほうに向かう。

「かっこいいね」

七緒が思わず言うと、真凜が頷いた。自分の父親と同世代に思えたが、颯爽とした振る舞いと清潔感のある身なりは父とは似ても似つかない。

上履きに履き替えて廊下を歩いた。先ほどの男が職員室の前に立っている。校長に手帳を示しながら何か話をしていた。

「錦糸警察署の夏目《なつめ》と申しますが……」

男の声が聞こえ、七緒は真凜と顔を見合わせながら職員室を通り抜けた。

38

「昨夜、下田先生が何者かに襲われたそうです」

校長の言葉に、秋葉は驚いてあたりを見回した。他の教師たちも顔を見合わせながら動揺している。

「幸い命に別状はないようですが、肋骨《ろっこつ》と眼底《がんてい》と右足を骨折して錦糸病院に入院していらっしゃいます」

校長が言うと、佐久間がすぐに手を上げ「犯人は？」と訊いた。

「まだ捕まっていないとのことです。皆さんからお話を聞きたいということで警察のかたがいらっしゃっています。順番に応接室で話をしてください。その間は生徒たちには自習ということで対応してください。生徒たちを動揺させたくありませんので、今のところはこのことを伏せておいてください」

秋葉は他の教師と同様に「わかりました」と頷いた。

「それでは三年生の先生がたはこちらに残っていただいて、順番にお呼びします。他の先生がたはそれぞれのクラスに、担任でないかたは三年生のクラスに行って自習指導を行ってください」

三年の担任以外の教師が部屋を出ていくが、蓮見だけは茫然とした様子で座ったままでいる。

「蓮見先生、どうされましたか？」

校長が声をかけると、我に返ったように蓮見が顔を向けた。「いえ……」と立ち上がり部屋を出ていく。

ノックの音がしてドアが開いた。辻が入ってくる。

「秋葉先生、お願いします」

辻に声をかけられ、秋葉は立ち上がった。

「どうでしたか?」秋葉は訊いた。

「緊張しましたけど、意外と優しそうな人でしたよ」

そういうことを聞きたかったのではないが、秋葉は頷いて部屋を出た。

応接室の前で立ち止まりドアをノックした。すぐに中から「どうぞ――」と声が聞こえ、秋葉はドアを開けた。

紺の背広に水色のネクタイをした男性がソファの前で立っている。

「授業があるところ、本当に申し訳ありません。お時間は取らせませんのでご容赦ください」

男性が丁寧に頭を下げ、名刺を差し出した。

「すみません。名刺を持っていないので。三年A組の担任をしています、秋葉です」

秋葉は自己紹介して、男性と向かい合わせに座った。名刺を見ると『錦糸警察署強行犯係　夏目信人《のぶひと》』とある。

「教科は何を教えてらっしゃるんですか」声をかけられ、秋葉は目を向けた。

「英語です」

「そうですか。中学生に英語を教えるのは大変じゃないですか? 教科として初めて習うものですから」

「たしかに……一年は馴染みを持ってもらうまで大変ですね」

「なるほど。ところで秋葉先生にひとつお伺いしたいんですが」

夏目が身を乗り出してきたので、自然とこちらも前のめりになった。

「小学校低学年……いや、幼稚園ぐらいの子供が読んで楽しめる英語の本などはないでしょうか」

事件の話を切り出されると思っていたので、拍子抜けした。

「お子さんがそれぐらいのお年なんですか？」

秋葉が訊くと、夏目が「まあ……」と照れ臭そうに頭をかいた。

「中学の先生にお訊きすることではないと思うんですが、なかなか学校の先生にお会いする機会がないものですから」

子供が通っている学校か幼稚園の先生に訊いてみればいいのにと思いながら、英語で書かれた童話や絵本を数冊挙げた。夏目がひとつひとつ頷きながらメモを取っていく。

「ありがとうございます」

夏目が手帳を閉じて頭を下げた。こちらを見つめる。

「最初に嫌なことからお聞かせください。秋葉先生は昨晩の十時から十一時頃、どちらにいらっしゃいましたか」

「アリバイというやつですか？」

夏目が頷いた。

「残念ながら家におりました」

「残念ながら？」夏目が訊き返した。

「わたしはひとり者ですから、それを証明してくれる人がいません」

一昨日であったなら楠木とその時間が過ぎるまで飲んでいたのだが。

「あまりお気になさらないでいいと思います」

「下田先生は犯人についてどんなことをおっしゃっているんですか」秋葉は訊いた。

「わからないと……」

「わからない？」

「ええ。下田先生は長門《ながと》公園で倒れているところを通りかかった人に発見され、通報されました」

隅田川《すみだがわ》の河川敷の近くにある公園だ。ここから歩いて三十分ほどかかるだろうか。

「下田先生のお話によると、ベンチで休んでいるところを後ろからいきなり殴られ、そのまま意識をなくしてしまったそうです。どういう人物かはおろか、人数についてもわからないとのことでした。意識が戻ったら財布に入れていた三万円近いお金がなくなっていたと」

「物取りということですね？」

「どうでしょうかね……」

夏目が曖昧に言葉を濁した。

「怨恨《えんこん》の線も視野に入れて捜査しています。それでこうやって同僚のかたにお尋ねしているというわけで」

「どうして物取りではないと？」

「お金を奪っているから物取りには違いありません。ただ、下田先生はいきなり後ろから頭を殴られて意識を失っています。それなのに犯人はその後も執拗に顔や脇腹や足を痛めつけて骨折させています」

そういうことか。

「単なる物取りであれば意識を失った時点で金だけ奪えばいいということですね」

夏目が頷いた。

「下田先生から誰かに恨みを買っている、というような話を聞いたことはないでしょうか」

「ありませんね。わたしはこの学校に来てまだ半年ほどで、下田先生は受け持っている学年の主任ではありますが、それほど親しい間柄というわけではありません」

「最近、変わった様子はありませんでしたか。たとえば元気がなさそう、とか、何か悩んでいるようだ、とか」

「わたしが入ったときからずっとそんな感じでした。何か悩んでいたかどうかはわかりませんが、いつも元気がなさそうでした」

簡単に言えば覇気がないということになるが、さすがに先輩教師に対してそのような言いかたはできない。

「ただ、昨年胃の病気を患って長期入院をしていたそうなので体調の問題かもしれません」

「生徒たちの間で下田先生はどういう評判だったのでしょう」夏目が訊いた。

「からかいの対象になることはあったかもしれませんけど、そこまでされるような恨みを買っていたとはとても思えません」

「最近、学校で何か変わったことはありませんか?」

さきほどからガーディアンのことを言うべきか迷っていた。だが、さすがに下田の事件に関わっているはずがない。それにこんなことを警察に話すのは、教え子を信じていないと自分で認めるようで嫌だった。

「特には」

「そうですか、事件に関係がないと思えるようなことでもけっこうですが」

秋葉のわずかな間を感じ取ったのか、夏目がさらに訊いてきた。

「いえ、本当にありません。他に何かお訊きになりたいことは？」

「いえ。ご協力ありがとうございます。仕事にお戻りいただいてけっこうです」

秋葉は立ち上がり一礼してから部屋を出た。職員室に入るとドアの近くの席にいたふたりがこちらに顔を向けた。一年の学年主任の西村《にしむら》と一年B組の担任の細木だ。

「どうでした？」西村が興味津々といったように訊いてきた。

「物取りと怨恨の両方で捜査しているみたいですね」

「事件に遭ったのは何時頃なんですか」

「十時から十一時までのアリバイを訊かれましたからその間でしょう」

秋葉がそう答えるとふたりがほっとした表情を見せた。

「昨日は深夜まで一緒にいましたから助かりましたね」細木が西村に顔を向けて言った。

「飲みにでも行ってらしたんですか？」

「まあ……」

羨ましい。自分が疑われることはないと思うが、アリバイがないというだけで何かすっきりしない。

39

「なあ、赤塚」

呼びかけられ、颯太は我に返った。

「これからどっか行くのか？」

アキラが訊いてきたが、何を言っているのか意味がわからない。

あたりを見回し、自分の家を通り過ぎていることに気づいた。

「いや……ちょっとぼうっとしてたてさ」颯太は気を取り直して言った。

「じゃあな」

アキラと手を振り合い別れ、颯太は家に向かった。鍵を開けて家に入ると、玄関から「絢斗――」と呼びかけた。すぐに絢斗が階段を駆け下りてくるのを見て、ほっとした。

「お兄ちゃん、おかえり」

颯太は靴を脱いで階段に向かった。二階の自室に入り制服を着替えていると、ドアが開いてカードを持った絢斗が「ドラキューカードの続きやろう」と入ってきた。

颯太は絢斗と向き合って座った。カードを切ろうと手を伸ばしたが、自分でやりたいらしい。絢斗がおぼつかない手つきでカードを切る。

絢斗の小さな手を見つめているうちに、胸の底から不安がこみ上げてくる。

今日は一、二時間目が急遽自習になった。おかしいと思っていたら、二時間目が終わった休み時間に、同じクラスのトオルが驚くような情報を仕入れて戻ってきた。二年生の生徒の母親が勤める病院に昨夜下田が運び込まれてきたという。下田は何者かから暴行を受け、顔中血だらけで、やってきた警察官に事情を訊かれたそうだ。犯人が捕まったかどうかは定かではないが、その話を聞いてから落ち着かない。

「お兄ちゃん、早く！」

その声に、絢斗に目を向けた。絢斗が早くカードを出してと口をとがらせている。

「ごめんごめん」

颯太は自分のカードを出してゲームを始めたが簡単に負けた。絢斗は不満げな顔でカードを集め、切る。

やったのはガーディアンではないだろうか。ガーディアンを作ったのは松山と親しかった生徒ではないか。もし自分の想像が当たっていたとしたなら、ガーディアンが下田に敵意を持っていたとしても不思議ではない。どうすればいい。警察に話すべきだろうか。いや、いくらガーディアンのことを説明したとしても、信じてもらえるとは思えない。ガーディアンから送られてきたメールは消去している。

「はい」と絢斗が自分のカードを出した。颯太もカードを出す。絢斗がはしゃぐように次のカードを出した。

このままでいいのだろうか。ガーディアンの制裁が怖い。かかわりたくない。だけど、何もしなければ安心なのか。

颯太は「あっ」と思いつき、立ち上がった。机に向かい、引き出しを開ける。単語カードを取り出した。

秋葉なら何とかしてくれるのではないだろうか。どこまで知っているかはわからないが、教師の中で唯一ガーディアンの存在に気づいている。自分のことを守ると言ってくれた。信じていいだろうか。

「どうしたの？」

颯太は呼びかけてきた絢斗を見た。

「絢斗、ごめん。お兄ちゃん、勉強しなきゃ」

絢斗が「えー、もう一回やろうよ」と駄々をこねた。

「夕飯を食べたら続きをやろう」

絢斗を立ち上がらせ部屋から出すと、颯太はスマホを取り出した。単語カードに書かれていた番号に電話をかける。

「もしもし、秋葉です……」

秋葉の声が聞こえ、決心が鈍った。

「もしもし？」秋葉が問いかけてくる。

「先生？」スマホを握る手に力を込め、颯太は声を絞り出した。

「誰だ」

「赤塚です」

秋葉は声を発しなかったが、緊張している様子が伝わってきた。

「折り返しご連絡します。五分ほどお待ちください」

電話が切れた。まわりに教師か生徒がいたのかもしれない。

五分ほどしてスマホが震えた。

「電話ありがとう。どうしたんだ」

電話に出るなり、秋葉が言った。

「先生にお話ししたいことがあります」

これ以上絢斗を縛りつけたくない。友達と自由に遊ばせてやりたい。

「あの話か？」秋葉が訊いた。

「そうです」

「どこかで会えるか。直接話が聞きたい」

「いいですけど、他の生徒に見られたくないんで……」

「どこかいい場所はないか？　先生はこっちに来たばかりであまりこのあたりのことは知らない」

颯太は考えた。この近辺で生徒や保護者から見かけられない場所などあるだろうか。

「スカイツリーの展望台でどうですか」先日近所のおじさんからタダ券をもらった。

「余計人目につくんじゃないのか？」

「地元の人間はいまさら行こうとは思いません」ましてや小遣いが少ない中学生ならなおさらだ。

「今からか？」

「六時以降にしてもらいたいんですが」

その時間にならないと母親がパートから帰ってこない。絢斗をひとりにしたくない。

「わかった。六時半に展望台でどうだ」

颯太は了承して電話を切った。

エレベーターを降りると、颯太は展望台に向かった。

円形になった展望台を念のためにぐるっと回ってみることにした。そこかしこでカップルらしい男女が夜景を楽しんでいる。石原中の生徒はいない。

ひとりで外を見ている秋葉の背中が見え、颯太は近づいた。ガラスに自分の姿が映し出されて気づいているはずだが、まわりの目を気にしているのか秋葉はこちらを向かなかった。颯太は秋葉から少し距離を置いて立ち、窓の外を見つめた。無数の瞬きが見える。以前ここに来たときにはきれいな光景だと見入ったが、今は何も感じない。

「初めて来た。今日はとても観光気分になれないから、今度またゆっくり来るよ」秋葉の声が聞こえた。

「先生の言うとおりです」颯太が言うと、秋葉が少しこちらに顔を向けた。

「ガーディアンは存在するんだな」

颯太は頷いた。

「どうして学校に来られなくなったんだ」

ここまで来たけれど、まだ話す決心がつかない。

「赤塚が話したとわかるようにはしない。少なくとも赤塚が不利益を被らないと確信できるまでは」ガラスに映る秋葉の目がじっとこちらに据えられる。

「ガーディアンから写真が送られてきたんです」

颯太が言うと、秋葉は黙って続きを待った。

「登録してないアドレスから携帯にメールがあって、そこに五枚の写真が添付されてました。前の週の平日に一日ずつ撮った弟の写真です」

絢斗がプールから帰るところや公園で遊んでいるところを撮った写真だ。メールには『明日から学校に来るな。このことは絶対に誰にも言うな』とメッセージが添えられていた。

「弟さんに危害を加えると脅されたというわけか」秋葉が表情を歪めて言った。

「そこまでは書いてありませんでしたけど、おれはそう受け取りました。いつでも弟を狙えるって」

「弟さんはいくつだ」

「八歳。小二です。そんなときに、三Bの南から連絡がありました。南にも同じようなメールが届いたと」

「南はどんなことで脅されたんだ」

秋葉に訊かれ、颯太は言いよどんだ。

「すべて話してくれないか。おまえたちの身は守るから」

秋葉の声は真剣だ。

「コンビニで万引きしたときの動画を隠し撮りされたそうです。おれたちは話し合って、とりあえずガーディアンの言うとおりに学校を休むことにしました。休んでる間に何度もメールしました。なんで自分たちがこんなことをされなければならないんだって……」

するとガーディアンから『おまえたちは八巻と同罪だから制裁を下す』というメールが返ってきた。

自分たち三人の共通点はひとつしかない。

「どんなことだ？」

秋葉に先を促されたが、なかなか話せない。

「松山をいじめていたのか？」

身体中から冷や汗が出た。もの悲しそうにこちらを見つめる秋葉から視線をそらし、颯太は頷いた。

「三人で、いじめていました」

「松山のことが嫌いだったのか？」

颯太は首を横に振った。二年になって初めて松山と同じクラスになったが、どちらかというと好感を持っていた。むしろ八巻のほうが避けたい存在だった。それは南も同じだっただろう。

八巻は小学校四年生のときに本所小に転校してきて颯太と南と同じクラスになった。転校生はいじめられやすいというが、八巻はまったく違った。同じ地域で生活していれば、ある程度は相手の人となりがわかる。乱暴な生徒もいるが、これ以上のことはしないだろうとか、こう接したら満足するだろうとか、相手に対する自分なりの定規《ものさし》が自然とできてくる。けれど、転校してきた八巻にそれは通用しなかった。特にからだが大きかったわけではないが、何をしでかすかわからないし、どう接したらキレるのかもわからなかった。

五年生からの三年間は八巻と違うクラスだったが、中学二年生で同じクラスになってしまい、南とともに連れ回されるようになった。やがて八巻から「気に食わねえから」と一緒に松山をいじめることを強要された。上履きを隠したりからかったりしても、松山は相手にしなかった。それが八巻の神経を逆撫《さかな》でしたのだろう。ある日八巻につれられ、学校帰りだった松山を無理やり公園のトイレに連れ込んだ。松山もサッカー部だけあって体力に自信はあっただろうが、相手が三人だと手も足もでなかった。颯太と南は適度に殴ってトイレから出ていくつもりでいたが、八巻は松山の両手を押さえてうつぶせにしろと言われた。しかたなくそうすると、八巻は松山のからだに馬乗りになり、髪をつかんで顔を持ち上げた。

「自分が格好いいとでも思ってんのか」

八巻はそう言うとポケットからナイフを取り出し松山の喉もとに突きつけた。

さすがにやりすぎだと颯太も南も怯んだが、八巻の鬼気迫る形相を見ると、止められなかった。

「脅しだと思ってんのか？　残念ながらおれは人を傷つけることを何とも思わねえんだよ。なんたって親から殺されかけてんだからな」

八巻はそう言うとナイフで松山の髪を切っていった。松山はからだが震えて、涙と鼻水が出ていた。心底恐怖を感じていたにちがいない。

「翌日から松山は八巻の言いなりでした。使い走りにされて、金を払わされて、サッカー部でチームメートや武藤の信頼を失うようなことをさせられました。公式戦でオウンゴールを決めろって言われたり、上級生にタメ口で話せって命令されたり、ディフェンダーなのに自陣に入るなって……」

「もういい――」

鋭い声にびくっとして、颯太は口を閉じた。

「八巻はどうして松山にそこまでしたんだ」

「わかりません。単に気に食わなかったんじゃないですか。松山はスポーツマンで明るくて、人気者だったから」

「おまえと南はどうして学校に来られるようになったんだ」

「自分たちに協力するなら許してやるってガーディアンからメールがありました。弟に何もしないし、南の万引きも公《おおやけ》にしないって」

「どんな協力をさせられたんだ」

「ひとつは八巻が学校に来られなくなる弱みをつかめって言われました。あとは学校中にガーディアンの噂を流せって。安全な学校生活を送りたかったらガーディアンのメンバーに登録したほうがいいらしいって、メルアドを書いた紙を全校生徒に回したんです。もちろんおれや南が広めたってわからないように」

「八巻の弱みというのはつかんだのか？」

「弱みになるかはわからなかったけど、今まで学校に来てないからそうだったんでしょう」

「それは何だ？」

「八巻の母親はあいつが五歳のときに警察に捕まってるんです。八巻を虐待した容疑で」

トイレで松山を脅し八巻と別れた後、颯太と南は先ほどの言葉がどうにも気になり学校近くの図書館に行った。ふたりで手分けして新聞縮刷版《しゅくさつばん》を読んでいるうちにひとつの記事を見つけた。八巻の母親は一緒に暮らしていた男と子供を暴行した容疑で逮捕された。その記事では八巻は意識不明になったという。

「そろそろ帰ったほうがいいな」

その声を聞いて、堪《こら》えていた溜め息が漏れた。

「誰かに見られたらいけないから先に行ってくれ」

颯太は頷くと、秋葉の目を見られないままその場を離れた。

どうしようもなく辛い一時間だったが、少しだけ胸のつかえが軽くなっているのを感じながらエレベーターに向かった。

40

『五歳長男を虐待容疑で母親ら逮捕』

その文字を見て、秋葉はページをめくる手を止めた。平成十八年六月二十八日の新聞記事だ。社会面の下に小さく出ている。

秋葉は新聞縮刷版を棚に戻すと図書館を出た。

ガーディアンはこの記事をネタにして八巻に学校に来るなと脅したのだろう。だが八巻は加害者ではなく被害者だ。それほどの負い目を感じることではないはずだ。いや、来年石原中に入学する弟にとってよくないと考えたのかもしれない。問題児ではあるが弟思いの一面があると、いつか担任の佐久間が言っていた。いずれにしても、松山をいじめていた三人を学校に来させないようにすることがガーディアンの活動のスタートだったと思われる。松山と親しかった生徒がガーディアンの中心人物なのかもしれない。

下田を襲ったのもガーディアンの仕業か。松山がいじめられていた中二のときの学年主任は下田で、担任は辻だ。ふたりとも松山がいじめられていることに気づかなかったから、ガーディアンがふたりに恨みを持っていたとしても不思議ではない。辻は入ったばかりの新任教師だから大目に見られたのだろうか。だが、もしガーディアンの仕業なら、どうして今頃下田を襲ったのかという疑問が残る。

秋葉は見舞いの品を買うために近くの洋菓子店に向かった。

病院に入ると、受付カウンターにも待合室のベンチにも人はいない。受付のベルを鳴らしてしばらくすると白衣を着た女性が出てきた。

「こちらに入院されている下田篤郎《あつろう》さんの面会をお願いしたいんですが。まだ大丈夫でしょうか」

「九時まで大丈夫です。下田さんは二〇三号室にいらっしゃいます」

「ありがとうございます」

エレベーターで二階に上がると二〇三号室に向かった。部屋の前で立ち止まり、ドアの横についている札を確認した。『下田篤郎』とある。個室だった。

ドアをノックすると、中から「どうぞ――」と声がした。

ドアを開けると、ベッドで横になっていた下田が読んでいた本からこちらに視線を向けた。顔にガーゼを貼られ、右目のあたりがどす黒いあざになっている。

目が合うなり下田に「大丈夫ですか？」と言われ、秋葉は首をひねった。

「ちゃんと寝てますか？」

「ああ……」

鏡を見るたび自分でもひどい面になっていると思う。

「人のことをとやかく言える顔ではありませんが」下田がそう言って痛々しそうに笑った。

秋葉は「失礼します」と、ベッドの横に置いてあるパイプ椅子に座った。菓子折りの入った紙袋をサイドテーブルに置く。

「これ、つまらないものですけど後で食べてください」

「わざわざすみません。ご迷惑をおかけしてしまっているというのに」

「災難でしたね」

秋葉が言うと、下田が頷いた。

「犯人は捕まりそうですか？」

「どうでしょうね……いきなり後ろから襲われたので、犯人の手がかりをまったく覚えてないんです。あのあたりは防犯カメラもほとんどないようで」

「そうですか。警察の話だと怨恨の線も考えているようです」

「それはないと思うんですが。わたしはプライベートの人付き合いがほとんどありませんし、恨みを買うような仕事もしてませんから」

「ひとつお訊きしたいんですが、昨年の一学期に二Bだった松山大雅がいじめに遭っていたのを知っていますか」

秋葉が少し身を乗り出して訊くと、下田が首をひねった。

「いえ……松山くんがいじめに？　いったい誰に？」

「同じクラスだった八巻と赤塚と南です」

「そうですか……」下田が嘆息した。

「だけどその三人は九月になると学校に来なくなりました。赤塚と南は一週間ほどで学校に来るようになりましたが、八巻は一年以上経った今も不登校のままです」

「それがいったい……」

「これを見てください」

秋葉はポケットから携帯を取り出し、大山から送られてきたメールを開いた。下田に手渡す。メールを読んでいる下田が眉をひそめた。

「何ですか、これは」下田がこちらに顔を向けて訊いた。

「うちの学校にはガーディアンという、生徒たちによる自警団が存在します」

下田は言葉を返さない。呆気にとられているようだ。

「八巻も赤塚も南も、ガーディアンに脅されて学校を休んだんです。赤塚は弟に危害を加えると脅され、南は万引きしているところを撮影され、八巻はかつて母親が警察に逮捕されたことをネタにされて」

下田が携帯画面に目を向けた。唸るだけで何も言わない。

「ガーディアンから脅されているのはこの三人だけではありません。昨年の二学期から今までに二十二人の生徒が五日以上の長期欠席をしています。おそらくその生徒たちもガーディアンの制裁を受けたんです。それだけではなく、武藤先生が女子生徒にセクハラしたと噂を流したのもガーディアンでしょう。わたしがありもしないことを噂されたように」

「わたしにどうしろと?」

「先日、校長にガーディアンの話をしましたが相手にしてもらえませんでした。もっともそのときにはこのメールも手に入れていませんでしたし、八巻たちが松山をいじめていたこともわかっていませんでしたが。ただ、今まで知り得たことをお話ししたとしても、校長が信じてくれるかどうかわかりません。もっと確かな証拠が必要です。ガーディアンの中心人物は松山と親しかった生徒の可能性が高いと思います。その生徒を見つけるために協力していただきたいんです」

「ご自身の信頼を回復するために？」

「そうではありません」思わず語気が強くなった。「ガーディアンをこのまま放っておくわけにはいきません。彼らはどんどん暴走していくかもしれないんです。下田先生を襲ったのもガーディアンかもしれない」

「どうしてわたしが生徒たちに襲われなくてはいけないんですか」

「二年の学年主任だったのに、松山がいじめられていたことに気づかなかったからです」

秋葉が言うと、下田が不機嫌そうに口もとを歪めた。

「わたしを襲ったのはうちの生徒ではありません」

「どうして言い切れるのですか？」

「殴られる直前に後ろでたくさんのバイクが停まる音がしました。警察にも話しています。うちの生徒はバイクに乗れないでしょう」

それを聞いて少しばかり安堵した。

「下田先生を襲ったのでなくても、ガーディアンを放っておくわけにはいきません」

ノックの音が聞こえ、ドアが開いた。

「そろそろ面会時間は終了ですので、よろしくお願いします」

看護師に言われ、秋葉は「わかりました……では、お大事になさってください」と言って立ち上がった。

「秋葉先生――」

下田に呼びかけられ、ベッドに目を向けた。

「申し訳ありませんが、秋葉先生のお力にはなれません」

「わたしの話が信じられませんか？」

下田が曖昧に首を振った。

「もしそれが本当のことだとしても、生徒たちが勝手にやっていることです。わたしは来年で異動でしょうから。申し訳ない」

期待した自分が馬鹿だった。

秋葉は何も言い返す気になれず、病室を出た。

41

本に書かれている言葉の意味はいまいちよくわからないが、こうやって太陽に近い場所にいるだけで少し気持ちが晴れる。肌寒い屋上には誰もいない。

十年後、二十年後、自分はどんな大人になっているんだろう。そのとき、自分は中学の頃のことをどれだけ覚えているだろうか。たぶんこの瞬間のことは忘れているんだろう。学校の屋上で日向ぼっこをしながら、意味のよくわからない小説を頑張って読もうとしていることなんて。そう考えると楽になる。辛いことも、悲しいことも、大切だと思っていた友達のことも、時間が経てば記憶から消えていくんだと。

足音がして、大雅は顔を上げた。

秋葉が立っている。目のクマが濃くなっているせいか、切迫した顔つきに感じた。

「寒くないのか？」秋葉が訊いた。

「別に、大丈夫です」

「少し話がしたいんだが」

こちらの都合など訊く気もないようで、秋葉が目の前であぐらをかいた。ならばこちらも勝手にさせてもらおうと、秋葉から本に視線を向けた。

「ひとつ訊いていいかな」

大雅は本から視線をそらさないまま「何ですか」と言った。

「二年生のときにいじめられていたそうだね。同じクラスの八巻と赤塚と南から」

「誰がそんなことを言ったんですか？」大雅は顔を上げて、秋葉を睨み、訊いた。

「それは言えない」秋葉がじっと見つめてくる。

「たしかにあいつらにいじめられてましたよ。それがどうしたんですか？」

「どうして先生に相談しなかったんだ」

できるわけがない。そんなことをしたら八巻に殺されるかもしれなかった。

「助けてほしくて投書箱に手紙を入れたんじゃないのか?」

意味がわからない。大雅が黙っていると秋葉が続けた。

「去年の七月に手紙を書いただろう。『ぼくは卒業までに死ぬ。早く助けて』と」

「書いてません」

あの頃の気持ちはたしかに同じようなものだったが、そんな手紙は出していない。

そういえば、当時も担任の辻から似たようなことを訊かれた。「投書箱に手紙を入れたんじゃないの?」と。

「おれは書いてませんよ」大雅は念を押した。

「そうか。だけど、九月になって八巻たちが学校に来なくなったおかげで、松山はいじめから解放された。どうして彼らは学校に来なくなったと思う?」

「さあ」

「ガーディアンの制裁を受けたからだ」

やはりその話をしたかったのか。全校生徒を敵に回しているのに懲《こ》りない人だ。

「武藤先生がセクハラをしたと噂を流してサッカー部の顧問をやめさせたのもガーディアンだろう」

やはりそうだったのか。

思わず口もとが緩みそうになったが、「仲のいい友達を教えてほしい」という秋葉の言葉に瞬時に身が引き締まった。

「どうしてですか？」大雅は探るように訊いた。

「おれはきみと仲のよかった生徒がガーディアンを作ったんだと思ってる。最初はきみを助けたいと思っただけなのかもしれない。だけど、そのために危険なことをしてる」

「危険なことって？」大雅は眉を寄せた。

「詳しくは言えないが、犯罪まがいのことだ」

八巻たちが自分にしたことは犯罪そのものだった。

「これ以上の暴走を止めたい。きみと仲のよかった友達や、きみを助けたいと思うような人を教えてくれないか。男子でも女子でも」

ひとりだけ浮かんだ。

「その人たちを捕まえて懲らしめようとは思わない。ただ、取り返しのつかないことをしてしまう前に止めたいだけだ」

秋葉の言葉を聞きながら、動悸が激しくなった。

「おれのこと見ててわかりませんか？　仲のいい友達なんかひとりもいないです」大雅は立ち上がると、秋葉を無視して歩きだした。

42

「お先に失礼します――」

秋葉は蓮見が職員室から出ていくのを見て、ゆっくり帰り支度を始めた。佐久間と辻に挨拶してドアに向かった。

職員室を出ると早足で玄関に向かった。急いで靴を履き替え学校を出る。校門からしばらく行ったところで蓮見の背中を見つけた。

「蓮見先生――」

呼びかけると、蓮見が立ち止まりこちらを向いた。

「ちょっとお話ししたいことがあるんです」

「もしかして、わざと時間差で出てきたんですか？」蓮見が訊いた。息を切らせている秋葉を見てそう思ったのだろう。

「ええ。ぼくと一緒にいるところを見られないほうがいいでしょう」

「気になさらなくていいです。もとはわたしがあのお話をしたせいなんですから」

「蓮見先生は切り札ですから」秋葉はそう言って歩きだした。

「切り札？」

「万が一、ぼくが休職や停職になったときにガーディアンを止めるための」

「縁起でもないことを言わないでください」

蓮見にはガーディアンについて知ったことをメールで報せている。大山から送られてきたガーディアンのメールも、誰から送られてきたかは伏せて転送した。昨日赤塚から聞いた話は、まだしていない。

「今日はどういったお話ですか？」蓮見が訊いた。

「三Bの松山についてお訊きしたいんです。一年のときに担任だったんですよね」

「ええ、でもどうして松山くんのことを？」

「彼が、ガーディアンができるきっかけだったからです」

蓮見の表情がひきつった。「どういうことですか？」とまなじりを上げて訊いてくる。

「松山は二年生の一学期に、八巻と赤塚と南からいじめに遭っていました。ご存知でしたか？」

蓮見が「いえ、まったく」と大きく首を振る。

「二学期が始まってすぐ、いじめていた三人は弱みを握られ、学校に来るなと脅されました。赤塚と南は一週間後に学校に来ることを許されましたが、交換条件としてガーディアンの噂を生徒たちに流すよう要求されたんです」

「つまり……三人の弱みを握ってメールしてきた人物がガーディアンを作ったと？」

「そうです。松山と親しかった生徒の可能性が高いと思います」

「松山くんはクラスの誰とも仲良くする生徒でした。その中でも特に仲がよかった生徒というと、やはり幼なじみの三宅さんだったでしょうか」

「三宅さん……一年生のときに小児がんで亡くなった生徒ですか？」

蓮見が頷いた。

「松山のいじめを主導していたのは八巻だったようです。きっかけに心当たりはありませんか？」

「はっきりしたことはわかりませんが……原因は三宅さんかもしれません」

「といいますと」

「三宅さんは調子がいいときは頑張って登校していました。放射線治療で髪の毛も眉も脱毛してしまって、からだもすごくつらかったでしょうけど。生徒たちは三宅さんのことを励ましていましたし、彼女も友達と会いたくて、無理して学校に来ていたんだと思います。ただ、八巻くんが彼女のかぶっていた帽子を奪って、脱毛した頭をからかってから、三宅さんは学校に来なくなってしまいました」

ひどいことをする。その場にいたら八巻に手を上げてしまっていたかもしれない。

「それで松山と八巻が喧嘩になってしまった」

「ええ。お恥ずかしい話ですが、そのときはまったく知りませんでした。昨年の一周忌に三宅さんのお宅に伺って、お母さんから彼女が残していた日記を見せられて初めて知ったんです」

蓮見がつらそうに顔を伏せた。そのことでずっと煩悶《はんもん》してきたのだろう。三宅は亡くなってしまっているので、もう何もしてやることはできない。

なかなか声をかけられず蓮見の横顔を窺っているときに、頭の中に閃光が走った。

自分は今まで何を見ていたんだ。

「蓮見先生！」

秋葉が呼びかけると、蓮見がびくっとしたように顔を上げた。

「三宅さんのためにクラスで折鶴を作ったりしませんでしたか？」

秋葉が訊くと、蓮見が頷いた。

「ホームルームで松山くんが提案して、みんなで千羽鶴を作っていました。わたしも仕事の合間に手伝って……」

松山のいじめがきっかけではない。もっと前だ。

「三宅さんのご家族とお会いできるよう協力していただけないでしょうか」

秋葉が言うと、蓮見が怯むような眼差しになった。少ししてから頷いた。

「わかりました。三宅さんのお宅にご連絡してみます」

43

制服に着替えていると、スマホの着信音が聞こえた。

葵は嫌な予感がしながら机に近づいた。スマホを手にすると真理からメールが入っている。

『今日学校が終わってから会えない？』とだけ書かれている。

葵は『ごめん。まだ用意できない。あと少しだけ待って』とメールを打ち、返信した。

すぐに真理から返信があった。

『その件はいいよ。もう解決したから』

いったいどういうことなんだ。

『どういうこと？』とメールすると、『例のやつが捕まったから。直接話したいんだけど、今日会えるよね？』と返ってきた。

本当だろうか。

『今バタバタしてるから、会える時間がわかったら連絡するね。じゃあ、またね』

いずれにしても今日はスマホを持って行ったほうがいいだろう。葵はスマホを鞄に入れて部屋を出た。軽く朝食を済ませると学校に向かった。

真理がメールしてきたことは本当だろうか。そうであるなら少しは救われる。自分に内緒で顔を写した裸の写真を撮られた不信感は拭えないが、少なくとも自分だけが利用されていたわけじゃなく真理も苦しんでいたんだから。

校門の前に秋葉と担任の森が立っている。生徒たちはあいかわらず秋葉のことを無視して通り過ぎていくが、葵はふたりともに挨拶して校門を抜けた。玄関で上履きに履き替え教室に向かう。一Cの前に来ると、教室の中がざわついていた。

教室に入ると、自分の席のまわりに数人のクラスメートが集まっていた。近づいていく葵に気づき、さっと自分の席に戻っていく。

机の上を見て、息が詰まった。

よれて染みがついた折鶴が置いてある。

動揺してまわりを見回すと、クラスメートは誰もこちらを見ない。意識が遠のいたが、チャイムの音が聞こえ、かろうじて正気を保った。折鶴を握りつぶしながら椅子に座った。

もうすぐ昼休みが終わる。

わかっていたが、なかなか立ち上がれなかった。

昼休みはずっと屋上で過ごしていたが、それまでの休み時間に自分へ投げつけられた誹謗中傷や侮蔑《ぶべつ》の眼差しが記憶から消えることはなかった。きっとガーディアンのルールを破って秋葉と話したことで、制裁を下されたのだろう。それまではガーディアンなんか怖くないと思っていたが、学校中の生徒からの悪意と憎悪にさらされるうち、自分はそんなに強い人間ではなかったのだと思い知らされた。

教室に戻るのが怖い。だけど負けてはだめだ。このまま逃げ出してしまえばガーディアンの思うつぼだ。心の中で何十回も唱えてから立ち上がると、葵は屋上のドアに向かった。

階段を行き交う生徒たちの冷たい視線や心ない中傷に耐えながら教室に向かった。

教室に入ると、自分の机のまわりに集まっていた人たちがさっとその場から離れた。

葵の鞄が机の上に投げ出され、中に入れていたものが散乱していた。ぐしゃぐしゃに折り曲げられた教科書とノートに交じって、一枚のメモ紙が置かれている。

『ダチもいないくせにスマホ持ってるなんて馬鹿じゃない？』

メモ紙を取ると、画面が叩き割られて基盤《きばん》が露出したスマホがあった。

葵は吐き気を堪えながら鞄にしまい、ふらふらと廊下に出た。他のクラスの生徒たちが遠巻きに葵のことを見ている。その中にいた日下部と目が合った。

泣きつきたい衝動に駆られながら見つめたが、日下部は顔をそむけて自分の教室に入っていった。

44

二年A組の教室に入ると誰もいなかった。

秋葉は椅子に座り、手に持っていた『中学校演劇の基礎』を読み始めた。だが三十分ほど待っても部員は現れない。秋葉は本を閉じると教室を出た。

この数日、二年生は部活を休んでいたが、大山だけは顔を出していた。職員室に入るとまっすぐ森のもとに向かった。声をかけると、森がこちらに顔を向けた。

「大山が部活に来ないんですけど」

「大山さんでしたら気分が悪いということで五時間目の途中に早退しましたよ」

「そうなんですか」

朝校門で見かけたときには元気そうだったのに。まさか——。

森に会釈して自分の席に戻っている途中、ポケットの中で携帯が震えた。席に座り携帯を確認すると蓮見からメールが来ている。

『三宅さんのご家族と連絡が取れました。今日の夜は用事が入っているそうですけど、六時ぐらいまででしたら大丈夫だそうです。もし厳しいようでしたら違う日でお願いしてみますけど』

『ぼくは大丈夫です。蓮見先生は？』秋葉がメールを送るとすぐに返信があった。

『一、二時間抜けるぐらいでしたら問題ありません。それでは後ほど』

メール画面を閉じようとしたが、ふと思い直して大山からのメールを呼び出した。

『体調を崩して早退したと聞いたけど大丈夫か？　心配だから連絡してくれないか』

大山に送信した。

一軒家の前で蓮見が立ち止まった。表札に『三宅』と出ている。秋葉はインターホンに手を伸ばそうとした蓮見を制止した。

「もしかしたら三宅さんがひどいことをされた話を出してしまうかもしれません。蓮見先生にとっては嫌なお話でしょうが」

「かまいません」

蓮見がそう答えてインターホンを押した。しばらく待つと「はい――」と女性の声が聞こえた。

「石原中の蓮見です」

「どうぞ」

蓮見が外門を開けて中に入った。秋葉が後に続いていくと、ドアが開き女性が顔を出した。

「突然不躾なお願いをして申し訳ありません。こちらが秋葉先生です」

蓮見に紹介され、秋葉は深々と頭を下げた。

「お忙しいところ無理なお願いをしまして申し訳ありません」

「いえ、こちらこそ、わざわざご丁寧にありがとうございます。どうぞ、お上がりください」

新任の教師が数年前に亡くなった生徒がいると知り、ぜひ焼香したいと頼んできたと、蓮見は母親に願い出たそうだ。

秋葉たちは居間に通された。

「さっそくですが、お焼香をさせていただいてもよろしいでしょうか」秋葉は仏壇に目を向けて言った。

「ぜひお願いいたします」

母親の了承を得て、秋葉は仏壇の前に正座した。遺影の中の三宅彩華を見つめる。かわいらしい女の子だ。当たり前の話だが、今の三年の女子生徒より幼く見える。今目の前にいたらどんなふうに変わっていただろう。秋葉は目を閉じ両手を合わせながら、会ったことのない生徒に思いをはせた。小児がんで亡くなっていなければ、自分が三年生の担任を受け持っていたかもしれない。彼女はどんな生徒だっただろう。自分は彼女からどんな悩みを聞き、どんな希望を託していただろうか。彼女に会ってみたかった。

秋葉が立ち上がると、続いて蓮見が焼香した。母親が座卓に茶と菓子の用意をしてくれ、向かい合うように蓮見と並んで座った。

「本当にありがとうございました」

母親に深々と頭を下げられ、秋葉は罪悪感を嚙み締めながら応えた。律儀な教師だと思われているようだが、ガーディアンのことがなければここに来ることはなかっただろう。

「秋葉先生は何を教えてらっしゃるんですか」

母親に訊かれ、秋葉は「英語です」と答えた。

「部活の顧問などは？」

「演劇部です」

秋葉が言うと、母親が表情を緩め仏壇に目を向けた。

「そうなんですか。彩華もお芝居が大好きだったんです」

「それでは演劇部に？」

「いえ。彩華はミュージカルのほうで、学校の演劇部は戯曲が中心ということでけっきょく入らなかったんです」

「松山くんとは幼なじみなんですよね」

「ええ。斜向かいに住んでらして、家を買った時期も子供ができた時期もほとんど同じでしたからずっと親しくさせていただいてます」

「そうだったんですか。松山くん以外に彩華さんが親しかったのは？」秋葉は訊いた。

「あの子は人に恵まれていたので、お友達はたくさんいました。入院していたときも代わる代わるクラスメートが励ましにきてくれて」

「彩華さんの人柄ですね。彼女はいつも明るくて誰に対しても優しかったから、みんなから好かれていました。その証拠にクラスメートのほとんどが放課後に残って折鶴を作っていましたから」

蓮見が言うと、母親が「折鶴？」と首をひねった。

「ホームルームのときに松山くんが提案してみんなで折鶴を作ることにしたんです。もらっていませんか？」

「ええ。きっと間に合わなかったんでしょうね」母親が寂しそうに笑った。

その折鶴を作っていた中にガーディアンの中心人物がいる。

「その中でも特に仲が良かった生徒は誰ですか？」秋葉はさらに訊いた。

「常盤さんかしら」

「常盤結衣ですか？」

「ええ。小学校のときに通っていたダンススクールが一緒で、よく家に連れてきてふたりで踊ってましたよ。彩華の一番の親友だったと思います」

秋葉は母親と微笑み合い、蓮見に目を向けた。蓮見は微笑むことなく、唇を引き結んでいる。

「どうされました？」秋葉が訊くと、蓮見が「いえ……」と言葉を濁した。

「蓮見先生、しかたのないことなんですよ」

母親が蓮見の表情を見て声をかけた。

「今という時間は今しかありません。特に子供にとって、今という時間は大人以上に貴重なものだと思います。いつまでも亡くなった友達のことを気にしててもしょうがないでしょう」

「でも……命日のときぐらい……常盤さんにかぎりませんけど」

その言葉で、蓮見が思っていることがわかった。

「クラスメートはここには来たりしてないんですか？」秋葉は訊いた。

「ええ。葬儀の後に来てくれたのは、松山くん以外では八巻くんという男子生徒だけです」

「八巻が？」秋葉は驚いて蓮見に顔を向けた。

蓮見は驚いていない。知っていたようだ。

「二ヵ月ぐらい前に彩華のお焼香をさせてほしいと訪ねてきました」

「どんな様子でしたか」

「普通にお焼香をしてくれて、すぐに帰りました。ただ、心の中で何を思っていたのかは何となくわかりました。秋葉先生はご存知かどうかわかりませんが、彩華はその生徒から嫌がらせを受けて学校に行けなくなって、そのまま亡くなってしまいました。『ごめんなさい』と言ってくれているように感じました」母親はそう言って唇を噛み、顔を伏せた。

たとえ焼香に来たといっても許せない気持ちはあるだろう。

「八巻は一年以上不登校になっています」

秋葉が言うと、母親が顔を上げ「どうしてですか？」と訊いた。

「はっきりとはわかりません」

母親が表情を曇らせた。

「とても残念ですね。せっかくの学生生活を……」母親が寂しそうに呟いて娘の遺影に目を向けた。

「八巻が三宅さんの家に行っていたのをご存じだったんですか」

秋葉が問いかけると、蓮見が「ええ」と頷いた。

「そのことを知れば、ガーディアンは八巻の制裁を解除するかもしれません」

「そうかもしれませんが……」蓮見がそこで言葉を切って立ち止まった。

「何ですか？」

「どうやって知るかが大切かもしれません。教師の口から知らされても彼らの心に響くかどうか」

たしかに形ばかりの謝罪をしたと受け止められかねない。

「常盤さんがガーディアンに関わっているとお考えなんでしょうか」

「まだ何とも言えませんが」

秋葉が歩きだすと、蓮見が横に並んでついてくる。

「ただ、三宅さんの無念を晴らし、三宅さんをかばっていじめに遭った松山を救うためにガーディアンが結成されたのだとしたら……。常盤は三宅さんの親友だったとのことですが、常盤と松山は仲がよかったんでしょうか」

ふたりは違うクラスだ。一、二年生のときのことはわからない。

「小学校のときのことまではわかりませんが、中学校では常盤さんと松山くんが同じクラスだったことはありません。部活も違いますし、接点があるようには……」蓮見がそう言いながら首を横に振った。

「そうですか」

大通りに出て園原の予備校が入っているビルの前に来ると、秋葉は立ち止まった。

「用事があるのでここで別れましょう」

秋葉が言うと、蓮見が目の前のビルを見上げ怪訝そうな顔をした。

「友人がやっている予備校なんです。ここに常盤が通っています。今日授業があるかどうかはわかりませんが」

「これから常盤さんに?」

秋葉は頷いた。

「わたしもご一緒したほうがいいでしょうか」

「いえ、教師ふたりに囲まれたら委縮させてしまうかもしれません。ひとりのほうがいいでしょう。明日にでもご連絡します」

「お待ちしています」蓮見が頭を下げて駅に向かって歩きだした。

秋葉はビルに入りエレベーターで二階に上がった。予備校のドアを開けると、受付の女性が立ち上がった。

「園原は不在にしておりますが」

秋葉のことを覚えていたようだ。

「いえ、今日は約束していないんです。石原中の常盤結衣は授業に出ていますか」

秋葉が訊くと、女性が書類に目を向けて頷いた。

「あと三十分ぐらいで終わります。こちらでお待ちになりますか？」

「いえ、外で待っています。ひとつお願いがあるんですが、わたしが来たことを知らせないでほしいんですが」

少し訝しげにしながらも女性が頷いた。

ビルから出ると携帯を取り出しメールを確認した。大山から返信はない。

秋葉は心配している旨のメールを再度大山に送り、夜風が当たらなそうな場所に移動した。身を縮こまらせながら待っていると、ポケットの中で振動があった。携帯を取り出すと大山からメールが来ている。秋葉は安堵してメールを開いたが、すぐに動悸が激しくなった。

『先生は無力だ』

それだけ書かれている。

いったい何があったというのか。南部中の生徒と何か——いや。秋葉は急いでメールを打った。

『ガーディアンから制裁を受けたのか？　直接話したいから電話してくれないか。心配してるから』

今日は切り上げて、大山の様子を見に行ったほうがいいかもしれない。

その場から離れようとしたときに、ビルのガラスドアの向こうから制服姿の男女が現れるのが見えた。秋葉はビルの横に移動し、出てくる生徒たちに目を向けた。常盤を見つけた。他校の制服を着た女子と話しながら歩いていく。ガーディアンの首謀者をつかまえて、制裁をやめさせることが先決だろう。

秋葉は少し距離を置きながらふたりの後についていった。しばらく歩いたところでふたりが立ち止まり、手を振り合って別れた。常盤がひとり駅のほうに向かって歩いていく。秋葉は常盤の背中に近づいた。呼びかけると、常盤が立ち止まった。こちらに顔を向けた常盤の微笑みを見て、背中が粟立った。いつも目にしている無邪気な笑みとは異質なものを感じた。

「ちょっと話がしたいんだけど、これから少しいいかな」

「いいよ」

いきなり教師に呼び止められこんなことを言われたというのに、まったく臆する様子が見えない。

「どこで話をする?」

「ここでいい。きみがガーディアンを作ったのか?」秋葉は常盤の目をじっと見つめながら訊いた。

「そうだよ」常盤が何のためらいも見せず頷いた。「そろそろ来る頃だと思ってた」

「どういう意味だ」秋葉は訊いた。

「アポロンがそう言ってたから」

「アポロン……仲間か？」

「そう。わたしはアテナ。知恵と戦いの神」常盤がそう言って悪戯《いたずら》っぽく笑った。

オリュンポス十二神を気取っているのか。

「アポロンというのは誰なんだ」

「会いたい？」

秋葉は頷いた。

「じゃあ、紹介してあげる。電車に乗らなきゃいけないけど、いい？」

「かまわない」

秋葉が言うと、常盤が駅に向かって歩きだした。

常盤が鞄から携帯を取り出した。誰かとやり取りをしているようだ。

錦糸町駅から電車に乗り、四つ目の小岩駅で降りた。常盤に続いてネオンが密集しているほうに向かう。行き交う人たちがちらちらとこちらを見た。制服を着た女子と中年男がこんなところで何をやっているのかと思われているようだ。

「いったいどこに行くんだ」

秋葉が問いかけると、常盤が振り返り「もう少しだから」と返した。

歓楽街の一角にあるカラオケボックスに入っていった。常盤がカウンターの前に行き店員に話しかけた。顔見知りのようだ。店員と少し話した後、「行こ」と秋葉を促して奥に進んでいく。ドアの前で立ち止まると、常盤がこちらに顔を向けた。

「ここにいる」

「入っていいのか」秋葉は訊いた。

中の様子を窺おうにもドアに窓はついていない。

「そのために来たんじゃないの？」

秋葉は少し警戒しながらドアを半分開けて中を見た。個室にはひとりしかいない。テーブルに向かっていた制服姿の男子が顔を上げた。

三年Ｃ組の小野悠だ。

「いらっしゃい」小野がこちらを見つめながら微笑みかけてきた。

半年以上接していて、初めて見る笑みだ。

秋葉はドアを開けて個室に入った。テーブルに参考書とノートが置いてある。

「こんなところで勉強してるのか？」

秋葉が訊くと、小野が頷いた。両隣から歌声が漏れ聞こえてくる。

「親は何も言わないのか」

「成績が落ちないかぎり何も言いません。家にいると息が詰まるけど、ここで勉強してると落ち着くんです。まあ、座ってください」

いつもは話しかけても伏し目がちに答える生徒なのに、落ち着き払った様子で向かいの席を手で示した。

秋葉が座ると、常盤が斜め前にあるスツールに腰かけ、小野とこちらを交互に見ている。

「ガーディアンを作ったのはきみたちなのか」秋葉は小野を見つめて訊いた。

「そうです」

「きみたちだけなのか」

「その質問にはお答えできません」小野が微笑んだ。おそらく他にも仲間はいるのだろう。

「どうしてガーディアンを作った」

「それを知ってるからここに来たんじゃないんですか？」

「三宅さんがされたことへの復讐と、松山をいじめから救うためか。だからといって見過ごすことはできない。今すぐこんなことはやめるんだ。八巻と大山の制裁を解除して二度とこんなことはしないと誓うなら、今回だけは先生の胸の中だけにとどめておく」

こんなことが公になれば、ふたりの今後の進路に大きく影響が出てしまう。

「どうしてやめなければいけないんですか」

自信に満ちた目で小野に見つめられ、動揺した。

「きみたちがやっていることはまかり間違えば犯罪として処罰されるものだ」

「赤塚に送ったメールとかですか？」

小野に訊かれたが、秋葉は答えなかった。赤塚から聞いたことは伏せなければならない。

「たしかにあれはやりすぎだったと反省してます。赤塚は見かけによらず品行方正みたいでなかなかいいネタが見つからないし、ぼくたちも早く組織を立ち上げないとって焦ってたから」小野がそう言いながら頭をかいた。

「やめるつもりはないということか」

「というか、やめるわけにはいかないでしょう。先生は生徒を救ってくれないんだから」

「何だと」

思わず身を乗り出したが、小野は怯む様子もなくこちらから目をそらさない。

「松山くんが八巻たちからいじめられてたとき、先生たちは誰も気づかなかった。サッカー部やクラスメートの信頼を失って、武藤から体罰を受けて、いつ自殺しようと考えてもおかしくない状態になっても。三宅さんのときもそうだ」

「どうして先生に言わなかったんだ。松山のことにしても三宅さんのことにしても。それを伝えていれば……」

「そんなことできるわけないでしょ」小野が遮るように言った。「いじめるやつらは嗅覚《きゆうかく》が敏感なんですよ。先生にチクったやつはすぐにわかる。学校にある投書箱なんてまったく意味がない。針金で開けられるような鍵しかついてないんだから。ぼくたちが一年生のときには二、三年の不良がよく開けてるのを見ましたよ」

「それでも何か伝える方法があるだろう」

「そうですね。ただ、先生にいじめがあると疑われた時点で、いじめられてる側はさらにひどい目に遭わされるんですよ。まわりの生徒だってそれがわかってるから、いじめてる人間を刺激しないように傍観するしかない。子供は大人が思っているよりもっと残忍で狡猾《こうかつ》で、複雑なんです」

「松山がさらにひどい目に遭わないよう、きみはしかたなく傍観してたってわけか」

秋葉が皮肉を込めて言うと、それを感じ取ったように小野の目つきが鋭くなった。

「ただ見てたわけじゃありません。藁にもすがるような思いで投書箱に手紙を出しました。『ぼくは卒業までに死ぬ。早く助けて』って」

「その手紙はきみが書いたのか？」

秋葉が驚いて言うと、小野が意外そうな顔をした。どうして今年赴任した秋葉が知っているのかと思ったのだろう。

「そうです。投書箱はいつ誰に開けられるかわからないから、ぼくの名前も松山くんの名前も書けない。だから松山くんの机からノートを拝借して、筆跡を真似て書きました。いじめられているとは書けなかったけど、これで松山くんからのＳＯＳを察してほしいと思って。だけど無駄だった」

鼻で笑う小野を見つめながら、秋葉は言葉を探した。

「だけどガーディアンを作ってから、そんな悲劇はなくなりました」言葉を見つける前に小野が言った。「問題を起こす不良もいなくなった。いじめもなくなった。それなのにどうしてやめなければならないんですか？」

徐々に上体が引けてしまっていた自分の代わりに、小野がこちらに顔を近づけて訊いた。

「ガーディアンがやってることはいじめと変わらないんじゃないのか。制裁という名のもとに生徒全体で無視をする。そのせいで二十二人の生徒が学校で学ぶ大切な時間を奪われたんだ」

秋葉は言ったが、小野の心にはまったく響いてなさそうだ。先ほどから黙っている常盤に目を向けた。

「三宅さんは喜んでると思うか。親友だったんだろう？」秋葉は常盤に訴えかけた。

「喜んでるに決まってるじゃない。八巻のせいで彩華は寂しい思いで死んでいった。生徒たちが訴えなきゃ先生は何も気づけない。勇気を振り絞って先生に言ったとして、必ず解決してくれるんですか？」常盤がこちらに身を乗り出して言った。

感情をあらわにした常盤の訴えに、即答できない。

「でしょ。それなら自分たちで何とかするしかないじゃない」常盤が嘲笑《あざわら》うように姿勢を戻す。

「それにぼくたちは、気に食わないとか、何となくおもしろそうだからとかで制裁してるわけではないんです。制裁を受けた生徒にはきちんとした理由があります。いじめ、授業妨害や授業放棄、クラブ活動にかこつけた後輩への暴力、万引き、カンニング、近隣の家へのいたずら、深夜徘徊、不純異性交遊……どれも先生たちがよくないと思っていることじゃないんですか？　だけど先生たちには把握できないから、生徒たち自らの目でそれを律してるんです」

「じゃあ、大山はどうなんだ。彼女が何かしたというのか？　ただ自分たちの意に沿わないことをしたから制裁したんじゃないのか」

「たしかにガーディアンを守るために、裏切った生徒に制裁を加えることはあります。ただ大山さんは制裁ではありません」

「それならいったい何だと言うんだ」秋葉は怒気を込めて言った。

「リサーチに基づいて、大山さんはしばらく学校に来ないほうがいいと判断したんです」

「何だと？」

秋葉は睨みつけたが、小野は意に介さないというように携帯を取り出して操作した。

「体調を崩して早退したと聞いたけど大丈夫か？　心配だから連絡してくれないか」

小野が読み上げた言葉を聞いて、息を呑んだ。自分が大山に宛てて送ったメールの文面だ。

「どうしたんだ？　ほんとうに体調がよくなくて寝ているのかな？　それとも何か悩んでいることがあるんじゃないのか。もしそうなら先生に相談してほしい。大山を助けたい。先生にできることなら何でもしたいと思ってる。とにかく連絡がほしい」

まさか、あのアドレスは小野のものだったのか。

「先生のやりかたでは大山さんは救えません」小野が携帯からこちらに視線を据えて言った。

いつもは気弱な印象を抱かせる眼鏡の奥の目が鋭い切っ先のように思え、自分を怯ませる。

「どうしてそんなことが言える」

「先生や親には話せない事情を抱えてるからです」

小野を見つめていた目に自然と力がこもる。

「ぼくたちは守秘義務を大切にしている組織なので本当は言いたくないけど、秋葉先生にだけ教えてあげますよ。大山は他校の生徒から脅迫されてるんです」

「南部中の生徒か？」

「そこまでは知っているみたいですね」小野が笑った。「一年三組の五十嵐《いがらし》真理という生徒です。大山さんと五十嵐は小学校のときに同級生で、出会い系サイトで知り合った相手にお互いの裸を撮り合った写真を送ったんです。五十嵐はメールを送った相手から恐喝されたと言って大山さんにお金を出させていましたが、そんなことはまったくの嘘です。五十嵐は大山さんに出させた金で友人におごったり、暴走族の男に貢《みつ》いだりしてます。それでもさすがに大山さんから金を引き出すのは限界だと感じたようで、その男と共謀して大山さんを呼び出し、顔を写した裸の写真をネットにばらまくと脅して、客を取らせようとしています」

「客を取らせる？」

「五十嵐とその男に言わせれば、キャンディーでも舐《な》めると思えばなんてことないよ、と言って大山さんに、させようってことです」

おぞましさに全身に鳥肌が立った。血管が沸騰したように身体が熱い。

「どこでそいつらに捕まえられるかわからないので、緊急避難として家に引きこもってもらったほうがいいと判断したんです。いつもなら無視するだけだけど、今回は速攻でダメージを与えられるようメンバーにお願いしました。五十嵐たちと連絡が取れないようにスマホも壊してもらいました」

何も知らなかった。助けたいと言いながら大山のことを何もわかっていなかったのだ。

「それで……きみたちはこれからどうするつもりだ」秋葉は何とか言葉を絞り出した。

「アレスが情報収集してる最中です」

「仲間か」

「ええ、新しく入った中心メンバーです。大山さんのためなら必死になるでしょうから、きっとそいつらの急所をつかんでくれるはずです。ぼくたちに任せれば何とかなります」

もしかしたら日下部ではないか。先週から部活を休んでいる。

返す言葉が見つからず、秋葉は顔を伏せた。

「それだけじゃない。岡部さゆりさんが性的虐待を受けている情報を警察に送ったのもわたしたちよ」

その言葉に弾かれ、秋葉は顔を上げ常盤に目を向けた。

「どうして虐待されていることを知ったんだ？　岡部がガーディアンに相談したのか」

秋葉が驚きながら訊くと、常盤が首を横に振った。

「きっかけはひとりのメンバーからの連絡だった。ファミレスで家族と一緒に食事をしていたとき、少し離れた席に岡部さんと父親がいたんだって。ふたりしかいないのに並んで座っているのを不思議に思ってそれとなく気に留めてると、父親がテーブルの下で岡部さんの膝を撫で回しているのを見たって。それでわたしたちは情報を集めることにした。でも、岡部さんと親しかったクラスメートにも、岡部さんは何も言わないとのことだった。しかたないので岡部さんの鞄に小型のボイスレコーダーを仕掛けた。数日後に回収すると、父親とのそれらしい会話があったので手紙と一緒に警察に送った」

秋葉は常盤の話を聞きながら拳を握り締めた。

教師にはそこまでできない。人の持ち物にボイスレコーダーを仕掛けるなんてとても容認できないが、それによって岡部が救われたのも事実だ。

「他にもあります」

そう言った小野に視線を戻した。

「一Bの川越真凜さんも最近まで鷺坂高のガラの悪い連中との関係から抜けられず困っていましたが、その問題も解決させました」

たしか最近までいつもマスクをしていた女子生徒だ。

「どうやって解決したんだ」

「それは内緒です。ただ先生たちは川越さんがそんな連中と付き合っていることも、彼女がその関係を断ちたいと悩んでいることにも気づかなかったでしょう。ガーディアンというシステムと情報網があったから解決できたんです」

「先生は無力だと言いたいために、おれに会ったのか」

──もう、うんざりだ。

「そうじゃありません。秋葉先生には正しく理解してもらいたかったんです。ぼくたちが今までどれだけの生徒を守ってきたか。ぼくたちがやってることはいじめとは違うと」

「それでわざとおれの携帯にガーディアンの情報をメールしてきたのか？」

「秋葉先生はガーディアンの圧力に屈しなかった。誰が情報を漏らしたかわからなかったけど、もしかしたらぼくたちのところまで行き着くかもしれないと思った。それならばいっそのことぼくたちのことを知ってもらおうと思ったんです。ぼくは秋葉先生のことを見直しているんです。なかなかガッツがある。他のどの先生もガーディアンの存在に気づけず、関心すらなかったのに。ぼくたちはすべての先生が無力だとは思っていません。ぼくたちにもできないことはある。来年も学校に残る後輩のために協力者を捜してるんです」

「おれに、それになれと？」

小野が頷いた。

「生徒のことを本当の意味で大切に思っているなら」

ふたりにじっと見つめられ、秋葉は何も言えないまま立ち上がった。

「断る」

秋葉は個室を出てドアを閉めると重い足取りで出口に向かった。

たしかにガーディアンがやっていることを自分たち教師はできない。

おれたちは無力なのだろうか。

45

土曜日だからか図書館にはいつもよりたくさんの人がいた。

優奈はあたりを見回して空いていた閲覧席に座った。英語の参考書を取り出して読み始めたが、いくら集中しようとしても、英単語がちっとも頭に入ってこない。図書館であれば気がまぎれるかと思って家から出たが、どこに行っても変わらないようだ。

昨夜、ふたりからのラインを見てからどうにも落ち着かない。

ふたりは秋葉に会い、自分たちがガーディアンを作ったと告げたという。ふたりの判断で決めたことなので優奈や下級生の四人の名前は出していないし、これからも言うつもりはないと書かれていた。

だが、そういう問題ではない。いくら自分たちが卒業した後もガーディアンを存続させるためだとはいえ、先生に自分たちの正体を教えるなんてあまりにも早計すぎる。

ふいに肩を叩かれ、振り返った。大雅が立っている。

「もしかしたらここにいるかなと思って」

「どうしたの？」優奈は動揺を隠しながら訊いた。

「ちょっとだけ……散歩しないか」

大雅は優奈の返事を待たずに出口に向かった。迷ったが、優奈は参考書を鞄にしまい後を追った。

「何か話？」

図書館を出て優奈が呼びかけると、大雅がこちらを見た。

「期末試験も終わって次はいよいよ受験だな」

「そうだね」

あまり近づくと顔が赤くなりそうで、優奈は少し後ろを歩いた。

「これから慌ただしくなるな。冬休みも正月も勉強して、それが終わったらもう卒業か……」

そんなことを愚痴るために自分を呼び出したのだろうか。

「この前、武藤先生に言われた。最後まで諦めるなって。だからこれから受験が終わるまで死ぬ気で頑張ろうと思う。何としてでも陸徳か平井に入るために。でもその前に、話がしたかった」

「何よ、話って」鼓動が激しくなっていく。

「おれ、二年の頃、八巻と赤塚と南からいじめられてたんだ」

「そうなんだ……」

大雅が立ち止まったので優奈も足を止めた。大雅がこちらを振り返った。

「知らなかったか？」

大雅に訊かれ、優奈は頷いた。

「本当に？」

じっと見つめられ、目をそらしたくなった。でも、そらせない。

二年生になってから大雅の様子がどんどん変わっていったのはわかった。以前のような明るさはなくなり、いつもつらそうに顔を伏せていた。優奈が声をかけても、八巻たちからいじめに遭っているとはわからなかった。グラウンドの隅でひとり正座させられ、武藤から怒鳴られているのを見て、サッカー部で何か問題を起こしたのかと思った。

「そうか……」

大雅はそう言うとこちらに背を向け、ふたたび歩きだした。優奈は大雅の後ろについていった。

「いじめられてるときは本当に苦しかった。まわりの仲間たちも八巻から目をつけられてるってわかったら、おれに話しかけてこなくなったしさ」

優奈がいじめを知ったのは昨年の七月の半ば頃だ。グラウンドで正座させられている大雅をちらっと見て校門を抜けたとき、違うクラスだったアテナにいきなり声をかけられた。

「松山くんのことを救いたい？」

それが、ガーディアン結成のきっかけだ。

「親にこれ以上余計な負担をかけたくなかったから相談することもできなかった。八巻が本当に怖かったから先生にも言えなかったし、まるで生き地獄だったけど、それでも何とか耐えられたのは吉岡のおかげだった」

最後の言葉に、時が止まった気がした。

「どうして、わたしが……」自分の声がうわずっている。

「あの頃、おれに話しかけてくれたのはおまえだけだった」

おまえ——という言葉が耳の中で反響している。

「おれが落ち込んでるといつも馬鹿な冗談を言って笑わせてくれたよな」

「笑ってなかった」

「家に帰って思い出して笑ってた。ノートに全部つけてる」

「やめてよ……」

「大切なノートだ。八巻たちが学校に来なくなっていじめられることはなくなったけど、おれはずっと苦しいよ。仲間だったやつらはあいかわらず話しかけてこないし、さらに吉岡の馬鹿な冗談が聞けなくなっちゃったし」

ガーディアンが最初に制裁を下したのは八巻と赤塚と南だ。その三人が大雅をいじめていたことを知っている生徒は多いだろうから、ガーディアンは松山と仲が良かった生徒だと思われかねない。だから大雅には近づいてはいけないとアポロンとアテナから言われた。自分たちも大切な人の命日に彼女に会いに行くことを我慢するからと。たしかに三宅彩華にしてもそうだ。制裁の印に折鶴を使っているから、ガーディアンは彩華と親しかった者だと、事情を知っている生徒たちからは思われているだろう。

「おれはガーディアンには感謝しない」

その声に我に返り、大雅の後ろ姿を見つめた。かすかに肩が震えている。

「だけど……吉岡には心から感謝してる。あのときおまえがいてくれたから、今、おれ、ここにいるから」

その言葉を聞いて、堪えていた感情が溢れた。大雅が立ち止まったのがわかった。けれど、涙でよく見えない。振り向かれる前に、とっさに後ろを向いた。

「それを言いたかった。じゃあな」

優奈は袖口で涙を拭い、深呼吸してからゆっくりと振り返った。

大雅はいなかった。

膝から力が抜けて、その場に座ってしまった。鞄からスマホを取り出した。ラインにつなぎ、メッセージを打った。

『わたし、今日でガーディアンを卒業する』

46

電話だ。

「もしもし」秋葉は園原からの電話に出た。

「おれだ。昨日予備校に来たって聞いたけど何か用事だったのか？」

「いや……」

どう答えてよいかわからず言葉を濁した。

「どうした」

「今日の夜、時間はあるか？」秋葉は訊いた。

「ああ。八時以降だったら空いてる。八時にこの前の店でいいか」

「わかった」

秋葉は電話を切ると携帯をテーブルに戻し、溜め息を漏らした。

キッチンに行き、やかんの水を沸かした。インスタントコーヒーを作り、椅子に戻って飲んだ。昨日の昼から何も食べていないせいか胃が痛くなり、カップを置いた。

園原と会ってどうしようというのだろう。どんな話をしたいのか自分でもよくわからない。ただ、ひとりで抱えるには昨日の出来事はあまりにも重すぎた。蓮見から何度かメールをもらったが、連絡できずにいる。昨日小野から聞いた話をすれば、蓮見も教師の限界に打ちのめされてしまうかもしれない。

たしかに教師にはガーディアンのような方法はとれない。悩みを抱えていると感じても、ボイスレコーダーを仕掛けるわけにはいかない。心を開かせて話を聞かないかぎり何もわからないが、ひとりひとりの生徒にそれだけ向き合える余裕が今の教師にあるだろうか。

大山のこともずっと気になっている。小野はガーディアンの力で何とかすると言っていたが、それが本当の解決なのだろうか。かといって自分に解決できるのか。大山の心を開くことも、踏み込むこともできなかった自分に。

教師は、自分は無力なのか。

来年も学校に残る後輩のために協力者を捜してるんです——

そんなことをするぐらいなら、教師でいる必要はない。

園原と会いたいと思った理由に行き着き自嘲すると同時に、ふと疑問が湧き上がってきた。小野たちはどうして川越の問題を解決した方法について話さなかったのだろう。岡部の件に関しては饒舌《じょうぜつ》に語っていたのに。

まさか——。

二〇三号室の前で立ち止まると、秋葉はドアをノックした。中から「どうぞ」と声が聞こえ、秋葉はドアを開けた。秋葉と目が合うと、下田が意外そうな顔をした。前回見舞いに来たときにあんな形で別れたからだろう。だが、秋葉が来た理由に思い当たったのか、下田がパイプ椅子を手で示した。

「失礼します」

秋葉は病室に入りドアを閉めると、パイプ椅子に座った。

「今日はどのようなお話ですか」下田が訊いた。

「ひとつお訊きしたいことがあってまいりました」

「何ですか」

「下田先生を襲ったのは鷲坂高の生徒たちじゃないですか」

秋葉が切り出すと、下田は横になったままかすかに首をひねった。

「下田先生はガーディアンの協力者ではありませんか」

下田はじっとこちらに視線を据えたまま表情を変えない。

「昨日、ガーディアンの首謀者である生徒たちに会いました。ガーディアンはあらゆる手段で生徒を守ってきたと豪語していました。ただ、彼らにもできないことはあるから協力者を捜していると話しました」

下田は来年異動になるだろうと言っていた。

「下田先生は八巻の母親の事件をご存知だったのではないですか。かつて八巻を虐待した容疑で逮捕されたことを」

前回来たときにその話をしても、下田は特に訊き返してこなかった。

「今年赴任になった教師以外の全員が知っていますよ」

「では、どうして三年の担任のわたしにそのことを話さなかったんですか。学年主任として」

秋葉が言うと、下田が視線をそらした。

「卒業するまで八巻が登校してくることはないと確信していたからですか？」

下田が唇を引き結び、天井を見つめた。

「教師なら生徒を排除するのではなく、どうして救おうとしないんですか」

秋葉の言葉に反応したように下田がこちらに顔を向けた。

「あなたに何がわかるんですか」

怒気のこもった眼差しだ。

「八巻くんの荒れた心を何とかしようと、わたしも、一年のときの担任だった蓮見先生も死力を尽くしてきましたよ。仕事が終わってからの時間も土日の休みも返上して八巻くんの家を訪ね、何とか立ち直らせようと努めました。わたしは十五年前に離婚してから、ただ仕事のこと、生徒のことだけを考えて生きてきたつもりです。そんな